변신

Die Verwandlung

변신

프란츠 카프카 지음 | 정상원 옮김

비케북스

프란츠 카프카(1883~1924)는 20세기 문학을 대표하는 독일어권 소설가로, 실존주의, 초현실주의 등 현대문학의 형성에 지대한 영향을 끼친 작가로 평가받는다. 체코 프라하에서 자수성가한 유대계 가정에서 태어나 당시 프라하의 부유층이 사용하던 독일어 교육을 받았다.

억압적인 아버지, 체코어가 아닌 독일어를 사용하는 유대인이라는 모순에 둘러싸여 자신의 정체성과 사회적 소외감을 끊임없이 의식하는 삶을 살았다. 이것은 그의 작풍에도 큰 영향을 끼쳤다. 카프카의 작품은 인간 존재의 불안, 고립, 권위주의적 체제에 대한 저항과 같은 주제를 심도 있게 탐색하며, 독특한 상징성과 불안감이 가득한 세계를 창조한다.

대표작으로는 《변신Die Verwandlung》, 《심판Der Prozess》, 《성Das Schloss》 등이 있으며, 이들 작품은 모두 주인공이 정체를 알 수 없는 권력이나 체계에 의해 억압받고 소외되는 과정을 그린다.

프란츠 카프카는 결혼을 두려워하고, 인간관계에 어려움을 느끼며, 병약한 체질과 정신적 불안을 안고 평생을 살았다. 그는 결핵으로 인해 41세의 나이로 타계했으며, 그가 남긴 미완성의 원고들은 오늘날에도 독자와 학자들에게 끊임없는 해석과 논쟁을 불러일으키고 있다.

차례

변신

1

어느 날 아침 뒤숭숭한 꿈에서 깨어난 그레고르 잠자는 자신이 흉측한 벌레로 변해 침대에 누워있는 걸 발견했다. 그는 철갑처럼 딱딱한 등을 깔고 누워있었는데, 고개를 조금 들자 아치형의 단단한 마디들로 나뉜 둥그스름한 갈색 배가 보였다. 이불은 금세 흘러내릴 듯 배 위에 간신히 걸쳐져 있었다. 몸뚱이에 비하면 형편없이 가느다란 다리 여러 개가 어찌할 바를 모르고 눈앞에서 애처롭게 버둥댔다.

'이게 무슨 일이람?'

그는 생각했다. 분명 꿈은 아니었다. 조금 좁기는 해도 사람 살기에 부족함이 없는 방이 낯익은 벽에 사방으로 에워싸여 있었다. 책상에는 옷감 견본을 모아놓은 카탈로그가 펼쳐져 있었고 — 잠자는 외판 사원이었다 — 위편 벽에는 그가 최근에 화보 잡지에서 오려낸 사진을 끼운 예쁜

장한 금박 액자가 걸려있었다. 모피 모자를 쓰고 모피 목도리를 두른 귀부인이 꼿꼿이 앉아서는 팔뚝을 전부 가린 두툼한 모피 토시를 정면을 향해 들어 보이는 사진이었다.

그레고르는 창밖으로 눈을 돌렸다. 빗방울이 함석 창틀을 두드리는 소리가 들렸다. 우중충한 날씨 탓에 그의 기분도 마냥 가라앉았다.

'잠을 좀 더 자면 이런 황당한 일은 말끔히 잊을 수 있겠지.'

생각은 그랬지만 그걸 실행에 옮길 수가 없었다. 그는 평소에 오른편으로 누워 자곤 했는데 지금 상태로는 도저히 그런 자세를 취할 수가 없었기 때문이다. 아무리 힘껏 오른편으로 돌아누우려 해도 번번이 다시 벌렁 자빠진 자세로 그네를 탄 듯 몸이 흔들릴 뿐이었다. 백 번은 시도해 보았을 것이다. 그는 허우적대는 다리들을 보지 않으려고 눈을 감았다. 그러다가 옆구리에서 이제껏 느낀 적이 없는 둔탁한 통증을 느끼고서야 돌아눕기를 포기했다.

'아, 맙소사!'

그는 생각했다.

'어쩌다 이런 고된 직업을 택했을까? 날이면 날마다 여행을 다녀야 하잖아. 일하며 겪는 스트레스는 사무직 근로자보다 훨씬 더 많은 데다가 출장 다니느라 시달리기까지 해야 하거든. 열차를 제때 갈아탈 수 있을지 늘 마음 졸여야 하고, 식사는 불규칙한 데다 엉망진창이지. 만나는 사람도 늘 바뀌니 훈훈한 정이 오가는 지속적인 관계는 맺을 수가 없다니까. 젠장, 정말이지 빌어먹을 직업이야!'

배 위쪽이 조금 가려웠다. 그는 고개를 좀 치켜들려고 누운 채로 침대 머리맡 기둥 쪽으로 몸을 밀어보았다. 가려운 부위가 보였다. 그곳은 정체불명의 자그마한 흰 점들로 가득 덮여 있었다. 그는 자신의 다리 하나로 아픈 곳을 문지르려다가 금세 움찔했다. 다리가 닿자 온몸에 오싹

소름이 돋았기 때문이다.

그는 몸을 미끄러뜨려 원래 위치로 되돌아가서는 생각했다.

'이렇게 일찍 일어나다 보면 사람이 바보가 된다니까. 잠은 잘 만큼 자야 해. 다른 외판 사원들은 하렘의 후궁처럼 늘어진 팔자잖아. 내가 주문받은 것들을 기록해 두려고 오전 중에 숙소로 돌아오면, 그 작자들은 그제야 아침을 먹고 있거든. 나도 그렇게 하겠다고 사장에게 한마디 했다가는 당장 모가지가 달아나겠지. 하긴 그게 더 나을지도 몰라. 부모님만 아니라면 진작에 사표를 냈을 테니까. 주저 없이 사장한테 가서는 그동안 가슴에 묻어뒀던 생각을 죄다 들려주었을 거야. 그랬다면 사장은 분명 책상 밑으로 고꾸라졌을 텐데! 가는 귀가 먹었다며 직원들을 바싹 다가오게 하고는 자기는 책상 위에 걸터앉아 상대를 내려다보며 지껄여대다니, 정말 괴상한 버릇이라니까! 그래도 희망이 아예 없지는 않아.

언젠가는 돈을 모아서 부모님이 사장에게 진 빚을 다 갚을 수 있을 테니까. 5, 6년은 더 걸리겠지만 반드시 그렇게 하고야 말겠어. 그러면 내 인생에 대단한 전환점이 마련되겠지. 그나저나 당장 일어나기부터 해야겠군. 기차가 5시에 떠나니까.'

그는 서랍장 위에서 째깍거리는 자명종 시계를 흘깃 보았다.

'이럴 수가!'

6시 반이었다. 시곗바늘은 태연히 30분을 지나 45분을 향해 나아가는 중이었다. 자명종이 울리지 않았단 말인가? 4시 정각에 맞춰놓은 게 침대에서도 보였다. 자명종이 울린 건 확실했다. 하지만 가구가 들썩일 만큼 시끄러운 소리에도 어떻게 내처 잘 수 있었을까? 꿈자리는 뒤숭숭했어도 곤히 곯아떨어졌었나 보다. 그나저나 이제 어떻게 해야 하지? 다음 기차가 7시에 있지. 그걸 타려면 미친 듯이 서둘러야 해. 아, 이런! 카탈로그를 미리 꾸려두질 않았네. 게다가 몸도 영 개운치가 않고 묵직했다. 설사 7시 기차를 잡아 탄다 해도 사장의 불호령을 피할 길은 없었다. 5시 기차에 대기하고 있던 사환이 그가 타지 않았다는 사실을 사장에게 곧장 일러바쳤을 테니까. 사환은 사장의 꼭두각시 노릇만 할 뿐, 줏대도 생각도 없는 녀석이었다. 병이 났다고 전갈을 보내면 어떨까? 하지만 그건 지극히 옹색하고 수상쩍은 핑계로 들릴 것이다. 그레고르는 근무하는 5년 내내 단 한 번도 아팠던 적이 없었다. 사장은 의료 보험 회사 소속 의사를 데리고 와서는 아들이 게을러터졌다며 부모님을 나무랄 게 뻔했다. 일하기 싫은 사람치고 아프지 않은 사람은 없다는 의사의 소견을 인용하면서 상대방이 하는 말을 무시해 버릴 것이다. 그런데 이번 경우, 그런 의사의 소견이 전적으로 틀렸다고 말할 수 있을까? 그레고르는 오래 잤는데도 여전히 졸린 것만 빼고는 개운한 느낌이었고 배가 몹시 고프기까지 했다.

이 모든 생각이 획획 뇌리를 스칠 뿐, 정작 침대를 벗어나겠다는 결심을 못 하고 있는데 — 마침 자명종이 6시 45분을 알렸다 — 침대 머리맡 문을 조심스럽게 두드리는 소리가 들렸다.

"그레고르!"

어머니였다.

"6시 45분이야. 출근 안 하니?"

아, 저 부드러운 목소리! 하지만 그레고르는 대답하는 자신의 목소리에 소스라쳤다. 분명 예전의 목소리였지만 저 밑바닥에서 솟구쳐 나오는 듯한, 고통스럽게 찍찍대는 소음이 섞여 있었다. 첫음절은 또렷이 들리던 단어들이 이내 그 소음에 뒤덮이며 흐려졌기에 상대방이 자기 말을 제대로 듣고 이해했는지 알 수가 없었다. 그레고르는 모든 것을 상세히 설명하고 싶었지만, 사정이 여의치 않으니 이런 말밖에는 할 수 없었다.

"예, 예, 어머니, 이미 일어나 있어요."

나무문으로 막힌 탓에 밖에서는 그레고르의 목소리가 변한 것을 알아채지 못한 것 같았다. 어머니는 그의 대답에 안심했는지 신발을 끄는 소리가 멀어졌다. 그러나 이 짧은 대화로 다른 식구들도 그레고르가 평소와는 달리 아직도 집에 있음을 알게 되었다. 곧 아버지가 옆문을 주먹으로 살살 두드렸다.

"그레고르, 그레고르."

아버지가 불렀다.

"대체 무슨 일이냐?"

그러고는 잠시 후 한층 가라앉은 목소리로 다그쳤다.

"그레고르! 그레고르!"

거기다가 맞은편 옆문에선 누이동생이 나직한 목소리로 울먹이듯 물었다.

"오빠? 어디 아파? 뭐 필요한 건 없어?"

그레고르는 양쪽 문을 향해 대답했다.

"곧 나가요."

그는 말을 최대한 신경 써서 발음하고 낱말들 사이에 충분한 간격을 두어서 목소리가 이상해진 게 드러나지 않도록 애를 썼다. 아버지는 아침 식사를 하러 돌아갔지만, 누이동생은 꼼짝 않고 속삭였다.

"오빠, 문 좀 열어 봐, 제발."

그러나 그레고르는 전혀 문을 열어줄 생각이 없었다. 오히려 늘 출장을 다니다 보니 집에서 잘 때도 문이란 문은 죄다 걸어 잠그는 습관이 붙은 걸 다행이라 여겼다.

그레고르는 일단 누구의 방해도 받지 않고 조용히 자리에서 일어나 옷을 챙겨 입고 싶었다. 무엇보다도 아침을 먹고 싶었다. 다음 일은 그러고 나서 찬찬히 생각하면 될 터였다. 지금처럼 침대에 누워 아무리 곰곰이 생각해 봤자 시원한 결론이 나올 리 없다는 걸 그도 잘 알고 있었다. 기억을 더듬어보니 전에도 불편한 자세로 잠을 자는 바람에 가벼운 통증을 느끼곤 했지만, 막상

일어나 보면 순전히 망상이었던 적이 종종 있었다. 그래서 오늘의 망상은 어떻게 풀려나갈까 궁금하기까지 했다. 목소리가 변한 건 외판 사원의 직업병인 고약한 감기의 첫 조짐일 뿐이라고 그는 굳게 믿었다.

이불을 젖히기는 아주 쉬웠다. 숨을 들이켜서 몸을 조금 부풀리자 이불은 저절로 흘러내렸다. 그러나 그다음이 문제였다. 무엇보다도 그의 몸이 유난히 널찍이 퍼져 있는 탓이었다. 몸을 일으키려면 손과 팔이 있어야 하는데 그가 가진 거라곤 가느다란 다리 여러 개뿐인 데다가, 그것들은 쉬지 않고 제멋대로 꿈틀대며 영 말을 듣지 않았다. 다리 하나를 구부려 보려고 하면 그 다리가 제일 먼저 쭉 뻗어버렸다. 그러다가 가까스로 그 다리를 원하는 대로 움직일 수 있게 되었지만 그러는 동안 다른 다리들은 고삐 풀린 망아지처럼 맹렬하게 법석을 떨어댔다.

'마냥 침대에서 빈둥거릴 순 없어.'

그레고르는 혼자 중얼거렸다.

그는 일단 하반신부터 침대를 벗어나 보려 했다. 아직 보지도 못한 하반신이 어떤 모양인지 가늠조차 할 수 없으니 움직이기가 몹시 어려웠다. 그래서 일이 아주 더뎠다. 급기야는 인내심을 잃고 다짜고짜 안간힘을 써서 몸을 밀어대다가 그만 방향을 잘못 잡는 바람에 침대의 아래쪽 기둥과 냅다 부딪혀 버렸다. 화끈거리고 아픈 거로 보아 현재 몸에서 가장 민감한 부분은 하반신임을 알 수 있었다.

그래서 우선 상반신부터 침대를 벗어나려고 조심스럽게 머리를 침대 가장자리로 돌렸다. 이 일은 그다지 힘들지 않았다. 몸통은 펑퍼짐하고 무겁기는 해도 결국은 머리가 움직이는 대로 천천히 따라 움직였다. 하지만 드디어 머리가 침대 밖 허공에 떠 있게 되자 이런 식으로 계속 밀고 나가기가 겁이 났다. 침대 아래로 떨어지게 된다면 기적이 일어나지 않고서야 머리가 무사할 리 없었기 때문이다. 무슨 일이 있더라도 지금 의식을 잃어선 안 되었다. 그럴 바에야 차라리 침대에 머무르는 게 낫겠다 싶었다.

그는 다시금 고생고생하며 조금 전 위치로 돌아와 누워서는 한숨을 내쉬었다. 가느다란 다리들이 한층 더 극성스럽게 뒤엉켜 싸우는 꼴을 보니 이렇게 멋대로 구는 놈들을 얌전히 길들일 방법은 없는 것 같았다. 그는 또 혼자 중얼댔다. 침대에 마냥 머무를 수는 없으니 침대를 빠져나갈 가능성이 조금이라도 있다면 무슨 짓이든 해보는 게 옳다고 말이다. 동시에 자포자기의 심정으로 결정을 내리기보다는 차분하고 침착하게 상황을 따져보는 것이 훨씬 더 낫다는 사실도 명심했다. 그런 생각을 하면서 그는 힘껏 집중해서 창밖을 내다보았다. 그러나 유감스럽게도 좁은 거리 맞은편까지 아침 안개가 뿌옇게 끼어 있어 낙관적이거나 명랑한 기분은 들지 않았다.

'벌써 7시네.'

다시 울리는 자명종 소리에 그가 중얼댔다.

'7시인데도 아직 안개가 저렇게 자욱하다니.'

한동안 그는 가만히 숨을 죽이고 누워있었다. 그렇게 완벽한 정적 상태로 머무르면 현실적이고 지극히 당연한 상황이 되돌아오기라도 할 듯이 말이다.

그러고는 혼자 중얼거렸다.

'7시 15분까지는 어떻게 해서든 침대에서 일어나야 해. 하긴 그때쯤이면 회사에서 사람을 보내서 내게 무슨 일이 생겼는지 물어볼 거야. 회사는 7시 전에 문을 여니까.'

이제 그는 몸 전체를 쭉 펴고는 이리저리 뒤척여서 한 번에 침대를 빠져나오려 시도했다. 이런 방법으로 침대에서 바닥으로 떨어지면 머리를 다치는 일은 없을 것이다. 떨어지는 순간 머리를 바짝 치켜들기만 하면 된다. 등은 단단한 것 같으니 양탄자에 떨어져도 아무 일 없을 것이다. 제일 염려되는 건 떨어질 때 요란한 소리가 날

거라는 점이었다. 그러면 문밖의 가족들이 질겁까지는 아니더라도 걱정할 게 뻔했다. 그래도 그 정도는 감수할 수밖에 없었다.

새로운 방법은 힘들게 고생을 한다기보다는 놀이를 하듯이 그저 마음 내키는 대로 몸을 뒤척이기만 하면 되었다. 그레고르가 어느새 몸을 절반쯤 침대 밖으로 내보냈을 때, 문득 누군가가 와서 도와주면 모든 게 얼마나 간단할까 하는 생각이 들었다. 힘센 사람 둘만 있으면 되는 일이었다. 아버지와 하녀가 떠올랐다. 둘이서 그의 둥그런 등 밑으로 팔을 집어넣고 들어 올린 다음 그를 바닥에 내려놓고는 그가 몸을 뒤집을 때까지 조심성 있게 기다려주기만 하면 될 것 같았다. 그러면 그의 가느다란 다리들이 제 몫을 하지 않을까 싶었다. 그런데 문이 잠겨 있다는 사실은 접어둔다 해도 정말로 도움을 청할 수 있을까? 지독히 곤란한 상황에서도 이런 생각을 하니 웃음이 절로 나왔다.

이제 조금만 더 세게 몸을 뒤척이다가는 중심을 잡기 어려울 지경이 될 것이다. 그는 바삐 결론을 내려야 했다. 7시 15분까지는 5분밖에 남지 않았기 때문이다. 그때 현관 초인종이 울렸다.

'회사에서 온 사람일 거야.'

이렇게 중얼거리는 순간 그의 몸이 빳빳이 굳어버리는 듯했다. 반면에 그의 가느다란 다리들은 더욱 극성스럽게 요동쳤다. 잠시 쥐죽은 듯고요했다.

'아무도 문을 안 열어주는구나.'

그레고르는 부질없는 희망에 사로잡혀 중얼댔다. 하지만 하녀는 당연하다는 듯 뚜벅뚜벅 현관으로 걸어가서는 문을 열어주었다. 그레고르는 방문객의 인사 첫 마디만 듣고도 단번에 누구인지 알아챘다. 지배인이 직접 온 것이다. 어쩌다가 그레고르는 아주 사소한 실수만 해도 즉각 엄청난 의심을 받는 회사에 다니는 팔자가 되었을까? 회사 직원들이 모조리 건달이기라도 하단 말인가? 아침에 단 두어 시간이라도 뼈 빠지게 회사 일을 하지 않으면 양심의 가책에 넋이 나가서 침대에서 일어나지도 못할 정도로 성실하고 헌신적인 직원도 하나쯤 있지 않은가? 굳이 사정을 캐물어야 한다면 수습사원을 보내도 될 것을 굳이 지배인을 보낼 건 뭐람! 지배인을 본 가족들은 아무 영문도 모르고 이번 사안이 지배인이 몸소 와야 할 만큼 심각하다고 생각할 게 아닌가! 이런 생각을 하느라 흥분한 그레고르는 미처 제대로 결정을 내리지도 않고 있는 힘껏 침대에서 몸을 날렸다. 바닥에 부딪히는 소리가 나긴 했지만 아주 요란하지는 않았다. 충격이 양탄자 덕분에 조금 약해진 데다가 등짝은 그레고르가 생각했던 것보다 유연했다. 그래서 이목을 끌만큼 큰 소리는 나질 않았다. 다만 조심하지 못한 탓에 머리를 바닥에 부딪히고 말았다. 그는 화도 나고 아프기도 해서 머리를 돌려 양탄자에 문질러 댔다.

"저 방에서 뭔가 떨어졌군요."

왼쪽 방에서 지배인이 말했다. 그레고르는 언젠가는 지배인도 오늘 자신에게 일어난 것과 비슷한 일을 맞닥트리지 않을까 상상해보았다. 사실 그런 가능성을 부인할 수 없을 것이다. 그러나 마치 이 의문에 퉁명스레 대답이라도 하듯 지배인은 옆방에서 에나멜 장화를 삐걱대며 다부지게 두어 걸음을 떼었다. 오른쪽 방에서는 누이동생이 소리를 낮춰서 그레고르에게 알려주었다.

"오빠, 지배인님이 오셨어."

"나도 알아."

그레고르가 중얼거렸다. 그러나 누이동생이 알아들을 만큼 목소리를 높일 엄두는 나지 않았다.

"그레고르." 이번에는 아버지가 왼쪽 방에서 말했다. "지배인님이 오셨다. 네가 왜 새벽 기차로 출근하지 않았는지 알고 싶어 하신다. 우리는 뭐라고 말씀드려야 할지 모르겠구나. 어쨌든 지배인님이 너와 직접 이야기하고 싶어 하시니 어서 문을 열어라. 네 방이 좀 어수선해도 너그러이 이해해 주실 거다."

"잘 잤나, 잠자 군."

지배인이 끼어들며 다정히 말을 건넸다.

"아이가 몸이 편치 않은가 봐요."

아버지가 문에다 대고 그레고르에게 말을 거는 동안 어머니가 지배인에게 말했다.

"몸이 편치 않아서 저래요. 정말입니다. 안 그러면 그레고르가 기차를 놓칠 리가 있겠어요! 저 아이 머리에는 회사 생각밖에 없답니다. 저녁에도 외출 한 번 안 해서 제가 속이 터질 지경이라니까요. 오늘까지 일주일 넘게 이 도시에서 머무는데도 저녁에는 늘 집에만 틀어박혀 있어요. 그럴 때는 식탁에 앉아 조용히 신문을 읽거나 기차 시간표를 들여다본답니다. 심심풀이라면 실톱을 가지고 뭘 만드는 것뿐이에요. 얼마 전에는 이삼일 걸려서 조그만 액자를 하나 만들었더라고요. 얼마나 예쁜지 보시면 놀라실 거예요. 액자는 저 방에 걸려있답니다. 그레고르가 문만 열면 바로 보실 수 있어요. 어쨌든 지배인님이 오셔서 정말 다행이다 싶어요. 아이가 워낙 고집이세서 우리 식구들만으로는 문을 열게 설득하지 못했을 거예요. 조금 전에 물어보니 아무 일도 아니라고 하지만 어디 아픈 게 분명해요."

"곧 나갈게요."

그레고르는 서두르지 않고 천천히 말하고는 대화 내용을 한 마디도 놓치지 않으려고 꼼짝도 하지 않고 귀를 기울였다.

"부인, 저 역시 달리 설명할 길이 없습니다."

지배인이 말했다.

"많이 아픈 게 아니라야 할 텐데요. 하지만 이 말씀을 드리지 않을 수 없군요. 이게 좋은 일인지 나쁜 일인지는 모르겠습니다만, 우리 같은 회사원들은 몸이 좀 좋지 않아도 회사를 생각해서 꾹 참고 이겨내야 할 때가 종종 있습니다."

"지배인님이 지금 들어가셔도 되겠니?"

아버지가 조바심을 내며 묻고는 문을 다시 두드렸다.

"안 돼요."

그레고르가 대답했다. 왼쪽 방에서는 어색한 침묵이 깃들었고 오른쪽 방에서 누이동생이 훌쩍거리기 시작했다.

왜 누이동생은 다른 사람들한테 가지 않을까? 아마도 이제 막 자다가 일어나서 옷도 미처 챙겨 입지 못한 것 같았다. 그런데 대체 왜 우는 거지? 그가 일어나지 않고, 지배인을 방에 들이지 않아서? 그가 직장을 잃을까 봐? 그렇게 되면 사장이 부모님께 묵은 빚을 갚으라고 새삼 다그칠까 봐? 하지만 그런 걱정은 할 필요가 없었다. 그레고르는 버젓이 여기 이 자리에 있었고, 가족을 저버릴 의도는 전혀 없었기 때문이다. 지금 당장은 양탄자 위에 가만히 누워만 있는 신세이니만큼, 이런 상황을 아는 사람이라면 누구도 그에게 지배인을 안에 들이라고 진지하게 요구하지는 못했을 것이다. 사소한 결례이긴 해도 나중에 적당한 구실을 대면 그만이니 이런 일쯤으로 그레고르가 즉시 해고될 리는 없었다. 그러니 울며불며 자신을 성가시게 하느니 당장은 가만히 내버려 두는 게 나을 성싶었다. 하지만 다른 사람들은 무슨 영문인지 모르고 조바심을 치니 그들이 그러는 걸 탓할 수도 없는 노릇이었다.

"잠자 군." 지배인이 이제 언성을 높이며 말했다. "도대체 뭐 하자는 건가? 방문을 죄다 걸어 잠그고 안에 틀어박힌 채로 '예,' '아니요'로만 대답하니 부모님께서 괜한 걱정을 하시지 않느냐 말일세. 게다가 이야기가 나온 김에 하는 말인데 잠자 군, 자네는 내 생전 듣도 보도 못한 방식으로 회사에서 자네가 맡은 임무를 게을리하고 있네. 자네 부모님과 사장님을 대신해서 하는 말인데, 지금 당장 명확히 해명할 것을 진지하게 당부하네. 놀랍군, 정말 놀라워. 난 자네가 차분하고 분별 있는 사람인 줄 알았는데 느닷없이 괴상한 변덕을 부리려 드는군. 오늘 아침, 사장님께서 자네가 결근한 이유가 뭔지 넌지시 운을 떼셨네. 얼마 전 자네에게 맡긴 수금액 때문이라고 하셨어. 하지만 나는 절대로 그럴 리가 없다고 내 명예를 걸며 자네 편을 들었네. 그런데 여기서 자네가 이처럼 터무니없이 고집을 부리는 걸 보니 눈곱만큼이라도 자네 편을 들고 싶은 마음이 싹 다 없어지는군. 회사에서 자네 자리는 결코 안전한 게 아니네. 원래는 이런 얘기는 자네와 단둘이 있을 때 할 생각이었네. 하지만 자네가 이처럼 내 시간을 쓸모없이 잡아먹고 있으니, 굳이 부모님께 숨길 까닭이 없는 것 같군. 최근 들어 자네 매상고는 매우 부진하다는 말일세. 요즘이 장사가 썩 잘 되는 철은 아니라는 건 나도 인정하네. 하지만 잠자 군, 장사가 안되는 철이란 절대 있을 수 없고, 있어서도 안 되네."

"하지만 지배인님!"

그레고르는 흥분한 나머지, 다른 건 죄다 잊어

버리고 다급히 소리쳤다.

"당장, 지금 당장 열어드릴게요. 몸이 조금 불편한 데다가 현기증이 나서 일어나질 못했습니다. 아직 침대에 누워있긴 하지만 금세 아주 개운해졌습니다. 지금 막 일어나려는 참입니다. 조금만 더 참아주세요! 생각만큼 몸이 말을 듣질 않아서요. 그래도 한결 괜찮아졌습니다. 어쩌다 이런 일이 일어났는지 참! 어제저녁까지만 해도 멀쩡했거든요. 그건 부모님이 잘 아십니다. 아니, 사실은 어제저녁에 약간 이상한 조짐이 없진 않았지만요. 누구든 저를 찬찬히 보았다면 눈치챘겠지요. 그 사실을 회사에 알렸어야 했는데! 하지만 사람들은 대개 결근하지 않고도 병 따위는 충분히 이겨낼 수 있다고들 생각하잖아요. 지배인님! 제발, 저희 부모님을 괴롭히지 마세요! 방금 제게 하신 비난은 죄다 말도 안 되는 얘깁니다. 지금껏 아무도 제게 그런 걸로 비난한 적은 없었습니다. 지배인님은 아마도 제가 보내드린 최근 주문 내역을 아직 읽어보지 않으셨나 봐요. 어쨌든 8시 기차로 출발하겠습니다. 두어 시간 누워 쉬었더니 기운이 좀 납니다. 지배인님이 여기 더 계시지 않아도 됩니다. 저도 곧 일하러 가겠습니다. 제발 사장님께 그렇게 말씀드려주시고 제 사정을 잘 말씀해주세요."

그레고르는 이 모든 말들을 서둘러 쏟아내느라 자신이 무슨 말을 하는지조차 모를 지경이었다. 말을 하는 동안 그는 서랍장 쪽으로 다가갔다. 침대에서 연습한 덕분에 몸을 움직이는 건 어렵지 않았다. 그러고는 서랍장에 기대어 몸을 일으켜 보려고 했다. 그는 정말로 문을 열고 자신의 모습을 보여주고는 지배인과 이야기를 나눌 작정이었다. 그를 나오라고 다그치던 사람들이 정작 그의 모습을 보면 뭐라고 말할지 정말이지 궁금했다. 그들이 기절초풍한다 해도 그건 자신의 책임이 아니니 태연하게 있으면 그만이다. 그들이 이 모든 상황을 침착하게 받아들인다면 그 역시 흥분할 필요가 전혀 없을 것이다. 급히 서두르면 8시에는 정말 역에 다다를 수 있을 것이다. 그는 처음에는 몇 차례 반들반들한 서랍장에서 미끄러졌지만, 마침내 온몸에 불끈 힘을 주며 서랍장에 기대어 똑바로 일어설 수 있었다. 하반신이 타는 듯 욱신거렸지만, 신경 쓸 경황이 없었다. 그는 곧 가까이 있는 의자 등받이로 몸을 날려 가느다란 다리들로 등받이 가장자리를 움켜쥐었다. 그렇게 몸을 가누고 나니 지배인이 무슨 말을 하는 게 들려서 얼른 입을 다물었다.

"한 마디라도 알아들으셨습니까?"

지배인은 부모님에게 물었다.

"설마 아드님이 우리를 놀리려는 건 아니겠지요."

"그럴 리가요!"

어머니는 울음을 터뜨릴 듯이 소리쳤다.

"아이가 몹시 아픈가 봐요. 우리가 저 애를 괴롭히는 것 같아요. 그레테! 그레테!"

34

어머니가 외쳤다.

"네, 어머니?"

누이동생이 다른 쪽에서 소리쳤다. 모녀가 그
레고르의 방을 사이에 두고 의사소통을 하는 꼴
이 되어버렸다.

"당장 의사 선생님을 모셔오거라! 그레고르가
아프단다. 어서 빨리, 의사를 모셔와. 너도 방금
그레고르가 말하는 걸 들었지?"

"그건 짐승의 목소리였어요."

지배인은 어머니의 새된 외침과는 아주 대조
적으로 나직하게 말했다.

"안나! 안나!"

아버지가 복도 건너편 부엌을 향해 외치며 손
뼉을 쳤다.

"지금 당장 열쇠 수리공을 데려와!"

말이 끝나기가 무섭게 두 처녀가 치맛자락을
바스락대며 복도를 가로질러서는 ― 누이동생
은 어쩌면 저렇게 빨리 옷을 챙겨 입었을까? ―

현관문을 열어젖혔다. 문이 닫히는 소리는 들리지 않았다. 끔찍한 일이 닥친 집에서 으레 그러듯 문을 열어둔 모양이었다.

그레고르는 한결 침착해졌다. 비록 사람들은 그의 말을 전혀 알아듣지 못했지만, 그는 자신이 하는 말을 또렷이, 조금 전보다 더 또렷이 들을 수 있었다. 아마 귀에 익어서 그런 듯했다. 어쨌든 사람들은 이제 그에게 뭔가 안 좋은 일이 생겼음을 알고는 기꺼이 그를 도울 태세였다. 그들이 주저 없이 단호하게 첫 번째 지시를 내렸다는 사실에 그는 기분이 밝아졌다. 다시 사람들 사이로 되돌아온 느낌이었다. 의사든 열쇠 수리공이든 누구라도 좋으니 훌륭하고 놀라운 일을 해내리라 기대했다. 곧 중요한 대화를 나누어야 하는 만큼 그는 최대한 또렷이 목소리를 내려고 살짝 헛기침을 해보았다. 물론 가만히 숨죽여서 해야 했다. 이런 소리마저 사람의 기침과는 달리 들릴 수도 있기 때문이다. 이제 그는 혼자 힘으로는 그런 판단을 내릴 자신이 없었다. 그러는 동안, 옆방은 매우 조용해졌다. 어쩌면 부모님이 지배인과 함께 식탁에 앉아 귀엣말을 나누거나, 어쩌면 다 함께 문가에 서서 귀를 곤두세우고 있는지도 몰랐다.

그레고르는 의자를 문 쪽으로 천천히 밀고 갔다. 그러고는 의자를 버리고 문을 향해 몸을 날린 후 문을 붙들고 몸을 곧추세웠다. 뭉툭한 발바닥에서 점액이 조금씩 흘러나왔기에 가능한 일이었다. 그는 너무 지친 나머지 잠시 그대로 숨을 돌려야 했다. 그러고는 열쇠 구멍에 꽂힌 열쇠를 입에 물고 돌려 보았다. 딱하게도 이빨이 하나도 없는 것 같았다. 무얼로 열쇠를 잡아야 하나? 그런데 이빨이 없는 대신 턱은 아주 힘이 셌다. 그는 턱을 써서 열쇠를 돌릴 수 있었는데 그러다가 어디 상처를 입었는지 입에서 갈색 액체가 흐르고 있었다. 하지만 그런 걸 신경 쓸 겨를이 없었다. 갈색 액체는 열쇠를 타고 흐르다가 바닥에 뚝뚝 떨어졌다.

"들어보세요."

지배인이 옆방에서 말했다.

"열쇠를 돌리고 있어요."

그 말에 그레고르는 기운이 났다. 지배인뿐 아니라 다 함께 응원해주면 얼마나 좋을까.

'힘내라, 그레고르!'

'계속 돌려. 열쇠 구멍에 꽉 붙으라고!'

이렇게 아버지와 어머니도 같이 응원해준다면 좋을 텐데! 모두가 자신이 고생하는 것을 숨죽이고 지켜보고 있다는 생각에 그는 안간힘을 쓰며 죽기 살기로 열쇠를 물고 늘어졌다. 열쇠가 계속 돌아갈수록 그의 몸도 열쇠 구멍 주위를 빙글빙글 돌았다. 그는 이제 입만으로 몸을 지탱한 채로 열쇠에 매달려보기도 하고 온몸의 무게를 실어 열쇠를 내리누르기도 했다. 드디어 자물쇠가 찰카닥 열리는 소리가 났다. 그 또렷한 소리에 그레고르는 번쩍 정신이 들었다. 그는 안도의 숨을 내쉬고는 중얼거렸다.

'열쇠 수리공 따위는 없어도 된다니까.'

그러고는 문을 활짝 열기 위해 문 손잡이 위에 머리를 올려놓았다.

이런 식으로 문을 열 수밖에 없었기에 문이 꽤 열려 있었지만, 밖에서는 아직 그가 보이지 않았다. 그는 우선 문짝 주위를 천천히 돌아야 했는데 거실에 들어가기도 전에 바닥에 벌러덩 나자빠지지 않으려면 아주 조심해서 돌아야 했다. 이렇게 힘들게 움직이느라 그는 다른 일에 신경 쓸 여유가 없었다. 그때 지배인이 "으악!"하고 목청껏 내뱉는 소리가 들렸고 — 바람이 사납게 내달리는 듯한 소리였다 — 이제 그도 지배인을 보았다. 문에 바짝 붙어 서 있던 지배인은 벌린 입을 손으로 틀어막고는 슬금슬금 뒷걸음질 쳤다. 눈에 보이지 않지만 두루 작용하는 힘이 그를 밀어내는 듯했다. 어머니는 지배인이 와 있는데도 지난 밤 풀어 내려서 산발이 된 머리를 하고서는 양손을 맞잡고 아버지를 쳐다보았다. 그러더니 그레고르를 향해 두어 걸음을 내딛다가 풀썩 주저앉았다. 어머니의 치마가 바닥에 둥그렇게 펼쳐졌고 얼굴은 깊이 숙여서 보이지 않았다. 아버지는 그레고르를 다시 방 안으로 쫓아 보내려는 듯 적의에 가득 찬 표정을 지으며 주먹을 불끈 쥐었다. 그러더니 불안스레 거실 곳곳을 둘러보다가 곧 두 손으로 눈을 가리고는 울음을 터뜨렸다. 그의 건장한 가슴팍이 들썩거릴 정도였다.

그레고르는 감히 거실로 들어서지 못해 빗장으로 꽉 잠긴 다른 쪽 문 안쪽에 기대 있었기 때문에 밖에서는 그의 몸통의 절반과 비스듬히 기울인 머리만 보였다. 그는 그렇게 머리를 내밀고 다른 사람들을 훔쳐보았다. 그사이 날이 많이 밝았다. 길 건너편에 마주 선 길쭉하고 거무튀튀한 병원 건물의 일부와 그 건물 앞쪽에 질서정연하게 뚫려 있는 창문들이 또렷이 보였다. 여전히 비가 내리고 있었는데 이제 바닥에 떨어지는 빗방울이 하나하나 눈에 보일 만큼 빗줄기가 굵었다. 식탁에는 아침 식사가 한가득 차려져 있었다. 아버지는 하루 중 아침 식사를 제일 중요한 식사로 여겼던 만큼 몇 시간에 걸쳐 아침을 먹으며 여러 종류의 신문을 읽곤 했다. 바로 맞은편 벽에는 그레고르가 군 복무 시절 찍은 사진이 걸려있었다. 소위 군복을 입고 대검에 손을 얹고서 해맑은 미소를 띤 모습이 마치 자신의 자태와 군복에 경의를 표하라고 요구하는 것 같았다. 복도로 나가는 문과 현관문이 열려 있어서 집 밖이 내다보였고 아래층으로 내려가는 계단도 보였다.

"자, 그럼."

그레고르가 입을 열었다. 지금 침착함을 유지하고 있는 사람은 오직 자신뿐임이 분명했다.

"얼른 옷을 차려입고 카탈로그를 꾸려서 출발하겠습니다. 모두 제가 출발하도록 이만 놓아주시겠습니까? 그래 주실 거죠? 그런데 지배인님. 보시다시피 저는 고집쟁이가 아니고 일하는 걸 좋아합니다. 물론 출장이 고달프긴 하지만, 출장을 다니지 않으면 먹고살 수가 없으니까요. 지배인님, 어디로 가시려고요? 회사로 가실 겁니까? 맞지요? 모든 걸 사실대로 보고하실 건가요? 직원이 지금 당장은 일을 할 수 없는 처지라 해도, 그럴수록 그의 과거의 실적을 떠올리시고 나중에 문제만 해결되면, 더욱 부지런히, 더욱 집중해서 일하리란 걸 참작해 주셔야 할 시점이 아닌가 싶습니다. 잘 아시다시피 제가 사장님께 신세진 게 꽤 많습니다. 게다가 부모님과 누이동생도 부양해야 합니다. 저는 지금 곤경에 처해 있긴 하지만 반드시 극복해낼 겁니다. 제 처지를 지금보다 더 어렵게 만들지는 말아주세요. 회사에 가시면 제 편을 들어주세요! 다들 외판 사원을 좋아하지 않는다는 걸 저는 압니다. 외판 사원이 돈을 듬뿍 벌고 신나게 사는 줄 알고 있지요. 그런 편견을 없앨 만한 계기도 딱히 없고요. 그러나 지배인님, 지배인님이야말로 회사 돌아가는 사정을 다른 직원들보다 더 훤히 꿰고 계시지 않습니까. 우리끼리 얘기지만 사장님보다도 더 훤히 꿰고 계시죠. 사장님은 경영자라는 위치에 계시는 만큼 자칫 직원들에게 불리하게 그릇된 판단을 내리시곤 합니다. 지배인님도 잘 아시다시피 일 년 내내 거의 회사 밖에서 일하는 외판 사원들은 험담이나 근거 없는 비난, 돌발 사건의 희생양이 되기가 매우 쉽습니다. 그런 것들에 맞서 자신을 방어하기란 거의 불가능합니다. 대개는 그런 일에 관해 아예 듣지도 못하고, 출장을 마치고 지친 몸으로 회사에 복귀하고서야 이유도 모른 채 고약한 대접을 받는다는 걸 온몸으로 느끼니까요. 지배인님, 그냥 가시지 마시고 제가 한 말이 어느 정도는 옳다고 한마디라도 좀 해주시고 가셔야죠!"

그러나 지배인은 그레고르의 처음 몇 마디에 벌써 몸을 돌리고는 입술을 삐죽 내민 채 들썩이는 어깨 너머로 그레고르를 돌아볼 뿐이었다. 그레고르가 얘기하는 동안에도 잠시를 가만있지 않고 그에게서 눈을 떼지 않은 채 문 쪽으로 슬금슬금 움직였다. 마치 방을 떠나면 안 된다는 은밀한 명령이라도 받은 사람 같았다. 한 발짝만 더 떼면 거실을 나서게 되는 순간 그는 발바닥을 불에 데기라도 한 듯 순식간에 몸을 날려서 복도에 이르렀다. 복도에 선 그는 마치 바깥 계단에 자신을 구원할 천상의 존재라도 있는 듯 오른손을 그리로 쭉 뻗었다.

그레고르는 지배인이 이런 기분으로 가게 내버려 둬서는 절대 안 된다는 걸 깨달았다. 이대로 보내면 회사에서 그의 자리가 몹시 위태로워질 것이다. 부모님은 그런 사정 전반을 제대로 이해하지 못하고 있었다. 수년 동안 부모님은 이 회사가 그레고르의 평생직장이 될 거라고 굳게 믿게 되었다. 게다가 그들은 당장 닥친 근심거리로 경황이 없어서 앞날을 내다볼 여유가 없었다. 그러나 그레고르는 앞날을 내다보고 있었다. 지배인을 멈춰 세워 진정시킨 후 반드시 자기편을 들게끔 설득해야 했다. 자신과 가족의 장래가 여기에 달려 있지 않은가! 누이동생만 이 자리에 있었더라면! 누이동생은 영리했다. 아까 그레고르가 그저 가만히 누워있을 때도 이미 울음을 터뜨렸을 정도였다. 게다가 지배인은 워낙 여자라면 사족을 못 쓰니까 틀림없이 누이동생의 말에 넘어갈 것이다. 누이동생이라면 현관문을 가로막고서 복도에서 지배인의 놀란 가슴을 진정시켰을 것이다. 하지만 누이동생이 마침 거기 없으니 그레고르가 직접 나서는 수밖에 없었다.

그는 지금 당장 몸을 얼마만큼 뜻대로 조종할 수 있는지 생각하지도 않고, 또 사람들이 자신의 말을 십중팔구 알아듣지 못할 거라는 생각도 하지 않은 채 문짝에서 몸을 떼고는 열린 문틈으로 몸을 밀어 넣었다. 그렇게 지배인에게 다가가려 했는데 현관을 나선 지배인은 양손으로 계단 난간을 꽉 움켜쥔 우스꽝스러운 몰골이었다. 하지만 그레고르가 몸을 의지할 것을 찾다가 순식간에 외마디 비명을 지르며 나둥그러지는 바람에 무수한 다리들이 바닥에 닿게 되었다. 그렇게 되고 나서야 비로소 그는 오늘 처음으로 몸이 편안해진 것을 느꼈다. 무수한 작은 다리들이 단단한 바닥을 디디게 된 것이다. 기쁘게도 다리들은 그의 뜻대로 움직여 주었을 뿐 아니라 그가 원하는 곳으로 데려가려고 열심히 움직였다. 어느새 그는 이 모든 고통이 끝을 향해 가고 있다고 믿었다. 그러다가 어머니에게서 그리 멀지 않은 곳에 이르렀을 때였다. 그는 움직임에 제동을 거느라 뒤뚱거렸고 어머니를 정면으로 마주 보며 바닥에 엎드려 있었다. 바로 그 순간 아주 넋이 나간 듯 앉아 있던 어머니는 돌연 벌떡 일어나더니 두 팔을 펼치고 열 손가락까지 쭉 뻗치고는 목청껏 외쳤다.

"사람 살려, 사람 살려요!"

어머니는 그레고르를 더 자세히 보려는 듯 고

개를 숙이면서도 저도 모르게 뒷걸음질을 쳤다.
바로 뒤에 식사를 차려놓은 식탁이 있다는 사실
도 잊은 듯했다. 그렇게 식탁에 다다른 어머니
는 넋 나간 사람처럼 황급히 식탁 위에 걸터앉
았다. 그 바람에 옆에 있던 커피포트가 엎어져
서 양탄자 위로 커피가 줄줄 흘러내려도 알아채
지 못했다.

"어머니, 어머니."

그레고르는 어머니를 올려다보며 나직이 불
렀다. 그 순간 지배인 따위는 아예 관심 밖이었
다. 그렇지만 흘러내리는 커피를 보자 마시고 싶
은 충동을 어쩌지 못해 턱으로 여러 차례 허공
을 덥석덥석 물어댔다. 그걸 본 어머니는 다시금
비명을 지르며 식탁에서 뛰어내려서는 도와주
러 온 아버지의 품속으로 달려들었다. 그렇지만
그레고르는 지금 부모님을 보살필 겨를이 없었
다. 지배인이 벌써 현관 밖 계단 앞까지 가 있었
다. 지배인은 턱을 계단 난간에 괴고는 마지막으

로 뒤돌아보았다. 그레고르는 어떻게 해서든 지배인을 따라잡으려고 돌진했다. 지배인도 뭔가를 예감했던지 계단 몇 개를 단번에 뛰어 내려가더니 이내 시야에서 사라졌다. 그가 "휴우!"하고 외치는 소리가 계단 전체에 울려 퍼졌다.

지배인이 달아나자 지금껏 비교적 차분했던 아버지는 안타깝게도 아예 정신을 놓아버린 것 같았다. 직접 지배인을 뒤쫓거나, 적어도 그레고르가 뒤따르는 것만큼은 방해하지 말아야 했는데, 그러기는커녕 지배인이 소파 위에 놓고 간 지팡이(모자와 외투도 놓고 갔다)를 오른손에 움켜쥐고는 왼손으로는 식탁에 놓인 큼지막한 신문을 집어 들었기 때문이다. 아버지는 발을 쾅쾅 구르고 지팡이와 신문을 휘둘러 대면서 그레고르를 다시 방 안으로 몰아넣으려 했다. 아무리 애원해 봤자 소용이 없었고, 아버지가 이해하기를 기대할 수도 없었다. 공손히 머리를 조아려보기도 했지만, 아버지는 발을 더 세게 구를 뿐이었다. 저편에서 어머니가 쌀쌀한 날씨에도 불구하고 창문 하나를 활짝 열어젖히고는 밖으로 몸을 쑥 내민 채 양손으로 얼굴을 감쌌다. 창밖 골목과 현관 밖 계단 사이로 맞바람이 강하게 쳐서 커튼이 나부꼈고. 식탁에 있던 신문들이 펄럭거리며 한 장 한 장 바닥으로 떨어져 내렸다. 그 와중에도 아버지는 그레고르를 인정사정없이 몰아붙이며 야만인처럼 쉿 쉿 소리를 내뱉었다.

하지만 그레고르는 아직 뒤로 걷는 걸 연습해 본 적이 한 번도 없어서 속도가 아주 더뎠다. 몸을 돌려 방향을 틀 수만 있다면 바로 자기 방으로 돌아갔겠지만, 몸을 돌리느라 꾸물대다가 아버지를 화나게 할까 두려웠다. 아버지가 손에 든 지팡이로 언제 그의 등이나 머리를 내리칠지 모를 일이었다. 하지만 결국에는 다른 방법이 없었다. 뒷걸음질을 쳐 봤자 한 방향을 유지하지도 못한다는 것을 깨닫고는 질겁했기 때문이다. 그래서 그는 겁에 질린 눈으로 쉴 새 없이 아버지를 흘끗거리며 가능한 한 빨리, 실제로는 아주 굼뜨게, 몸을 돌리기 시작했다. 어쩌면 아버지도 그가 좋은 의도에서 그런다는 걸 눈치챘는지 그를 방해하지 않았다. 오히려 멀찌감치에서 지팡이 끝으로 그가 어느 방향으로 몸을 돌려야 할지 지시하기까지 했다. 그저 아버지가 비위에 거슬리는 쉿 쉿 소리만 그쳐주면 좋을 텐데! 그 소리에 그레고르는 미칠 지경이었다. 한 바퀴를 거의 다 돌고도 여전히 그 쉿 쉿 소리에 정신이 팔려 착각을 하는 바람에 나중에 약간 몸을 다시 되돌려야 했다.

다행히도 그의 머리가 드디어 문 앞에 이르렀을 때였다. 이대로 곧장 방으로 들어가기에는 그의 몸통이 너무 넓다는 사실이 드러났다. 당연히 아버지는 지금 제정신이 아닌 만큼 다른 쪽 문을 마저 열어서 그레고르가 쉽게 통과할 수 있게 해주어야 한다는 생각을 아예 하지 못했다. 아버지의 머릿속에는 그레고르를 어서 빨리 방으로 몰아넣어야 한다는 생각뿐이었다. 아까처럼 몸을 곧추세워서 문을 통과하는 방법도 있긴 하지만, 아버지가 거기에 필요한 번거로운 준비단계를 참아줄 리가 만무했다. 이제 아버지는 방 입구에 아무런 장애물도 없다는 듯이 괴상한 소리를 내지르며 그레고르를 앞으로 몰아댔다. 뒤에서 들리는 소리는 세상에 단 하나뿐인 아버지의 목소리처럼 들리지 않았다. 이제는 정말로 위태로운 상황이었다. 그레고르는 될 대로 되라는 심정에서 문틈으로 몸을 쑤셔 넣었다. 몸의 한쪽이 붕 뜨면서 몸통 전체가 비스듬히 문에 걸쳐졌다. 한쪽 옆구리가 몹시 쓸리면서 상처가 났고 하얀 문에는 흉측한 얼룩이 생겼다. 그는 이내 문 사이에 꼭 끼어 혼자 힘으로는 꼼짝달싹할 수 없는 신세였다. 한쪽 다리들은 허공에 붕 떠서 바들바들 떨고 있었고 다른 쪽 다리들은 바닥에 짓눌려서 고통스러웠다. 그때 아버지가 뒤에서 그야말로 구원의 한 방을 세차게 날렸다. 그레고르는 피를 철철 흘리며 방 안 깊숙이 날아갔다. 아버지가 지팡이로 문을 쾅 닫자 마침내 사방이 조용해졌다.

2

날이 어둑해질 무렵에야 그레고르는 혼수상태와도 같은 깊은 잠에서 깨어났다. 충분히 쉬었고 실컷 잠을 잤기에 방해하는 소리가 없었더라도 더 오래 자지는 않았겠지만 마침 누군가가 종종걸음을 떼며 복도로 통하는 방문을 조심스럽게 닫는 소리에 잠이 깼다. 전차의 불빛이 방 천장과 가구 윗부분을 희미하게 비췄지만, 그레고르가 있는 아래쪽은 어두웠다. 그는 이제야 가치를 알게 된 더듬이를 서투르게나마 써가며 밖에서 무슨 일이 있는지 알아보려고 천천히 이동했다. 몸 왼편에 길게 상처가 난 듯 당기고 욱신거렸다. 가느다란 다리 두 개는 심하게 절뚝거렸다. 게다가 다리 하나는 아침에 있었던 일로 몹시 다친 듯 맥없이 질질 끌려다녔다. 하긴 다리 하나만 다친 것도 거의 기적이라 할 수 있었다.

문가에 다다라서야 자신을 이리로 유혹한 것이 무엇이었는지를 알 수 있었다. 그것은 음식 냄새였다. 문 옆에는 달콤한 우유에 잘게 썬 흰 빵 조각들이 둥둥 떠 있는 대접이 하나 놓여있었다. 그는 너무 기뻐 하마터면 소리 내어 웃을 뻔했다. 아침보다 허기가 훨씬 더 심해졌기 때문이다. 그는 즉시 눈이 우유에 잠길 정도로 깊숙이 머리를 대접 안으로 집어넣었다. 하지만 이내 몹시 실망해서 머리를 다시 빼내야 했다. 왼쪽 옆구리가 욱신거려서 먹기가 힘겹기도 했지만 — 이제 그는 몸 전체를 들썩거려야만 음식을 먹을 수 있었다 — 더 큰 문제는 평소에 즐겨 마시던 우유가, 분명 그 때문에 누이동생이 들여놓았을 우유가 영 맛이 없다는 데 있었다. 심지어 역겹기까지 해서 그는 대접에서 고개를 돌리고는 방

가운데로 기어 돌아갔다.

문틈으로 살펴보니 거실에는 가스등이 켜져 있었다. 보통 이맘때는 아버지가 어머니에게, 때로는 누이동생에게 석간신문을 큰 소리로 읽어 주곤 하던 시각인데 지금은 아무런 소리가 들리지 않았다. 누이동생은 아버지가 신문을 낭독해 준다고 항상 그레고르에게 얘기했고 편지로도 썼는데, 요즘은 뜸해진 모양이었다. 주위가 너무나 적막하긴 했지만, 집이 비어 있지 않은 건 확실했다.

"우리 가족은 정말이지 이토록 조용히 사는구나."

그레고르는 혼자 중얼거렸다. 그러고는 바로 앞의 어둠을 응시하면서 자신이 누이동생과 부모님을 이런 근사한 집에서 편히 살 수 있게 해줬다는 사실에 크나큰 자부심을 느꼈다. 하지만 이토록 평온하고 여유 있고 만족스러운 삶이 졸지에 끝장이 난다면 어떻게 되나? 그레고르는 그런 끔찍한 생각에 빠져들지 않으려고 방안을 이리저리 기어다녔다.

기나긴 저녁 시간 동안 한 번은 한쪽 문이, 또 한 번은 다른 쪽 문이 빼꼼히 열렸다가 급히 도로 닫혔다. 아마도 누군가가 방으로 들어오려다가 마음을 바꾼 모양이었다. 그레고르는 머뭇거리는 방문객을 어떻게 해서든 방으로 들이려고, 그게 안 되면 적어도 누가 그러는지는 알아내려고 굳게 작정하고 거실로 통하는 문 옆에 바싹 붙어섰다. 그러나 문은 밤새 다시는 열리지 않았기에 그의 기다림은 허사가 되고 말았다. 아침에 문이 모두 잠겨 있을 때는 다들 방안으로 들어오지 못해 성화더니 지금은 그가 거실 쪽 문을 열어놓았고 나머지 문들도 그사이 분명 열려 있었을 텐데도 누구 하나 들어오려고 하지 않았다. 심지어 이제 문마다 열쇠가 바깥쪽에 꽂혀있었다.

밤이 깊어서야 거실 불이 꺼졌다. 부모님과 누이동생이 까치발로 걸으며 살며시 멀어지는 소리가 또렷하게 들리는 거로 보아 세 사람 다 오랫동안 잠자리에 들지 않고 있었다는 것을 알 수 있었다. 내일 아침까지는 아무도 그레고르의 방 안으로 들어오지 않을 것이다. 그러니 이제 앞으로 자신의 새 삶을 어떻게 꾸려나갈지 아무런 방해도 받지 않고 차분히 생각할 시간이 넉넉히 생긴 셈이었다. 바닥에 납작 엎드려 있으려니 천장이 휑하니 높고 방이 텅 빈 듯해서 불안해졌다. 벌써 오 년 동안 쓰고 있는 방에서 왜 이런 기분이 드는지 영문을 알 수 없었다. 그래서 저도 모르게 방향을 틀고는 조금 수치스러운 기분으로 소파 아래로 기어들어 갔다. 등짝이 좀 눌리고 고개를 들 수도 없었지만, 어찌나 아늑한 느낌이 들던지 소파 아래로 온전히 들어가기에는 몸통이 너무 널찍하다는 게 아쉬울 뿐이었다.

그는 밤새 소파 밑에 머물렀다. 어떨 때는 선잠이 들었다가 배가 너무 고파서 연거푸 깨어났고, 어떨 때는 근심과 막연한 희망에 빠져 있었다. 하지만 결론은 매번 똑같았다. 당분간 그는 차분하고 참을성 있게 행동하면서 가족들을 최대한 배려함으로써 현재 그의 상태로 인해 어쩔 수 없이 생겨난 불쾌한 일들을 가족들이 견딜 수 있도록 해주어야 한다는 것이었다.

  미처 날이 밝지 않은 이른 새벽부터 방금 한 결심을 시험해볼 기회가 왔다. 옷을 거의 다 차려입은 누이동생이 복도 쪽 방문을 열고는 잔뜩 긴장해서 방을 들여다보았다. 누이동생은 금세 그를 찾아내지는 못했지만, 곧 소파 아래에 있는 그를 발견하고는 ― 맙소사, 날아서 도망갈 수는 없으니 그도 어딘가에 있어야 하지 않는가 ― 질겁을 하며 얼떨결에 도로 문을 쾅 닫아버렸다. 하지만 이내 그런 행동을 한 걸 후회라도 하듯이 곧 다시 문을 열고는 마치 중환자나 낯선 사람의 방에 들어가듯 까치발로 걸으며 방으로 들어왔다. 그레고르는 머리를 소파 가장자리까지 내밀고서 누이동생을 관찰했다. 누이동생은 그가 우유를 고스란히 남겼다는 걸 알아챌까? 더군다나 배가 불러서 남긴 게 결코 아니라는 사실까지도? 그걸 알아챈다면 과연 그의 입맛에 맞는 다른 음식을 가져다줄까? 누이동생이 알아서 그렇게 해주지 않고 자신이 직접 누이동생에게 부탁해야 한다면 차라리 굶어 죽고 말리라. 누이동생은 우유가 주변에 조금 튄 것 말고는 여전히 대접 가득한 걸 보고는 이상해하며 곧바로 대접을 집어 들고 나갔는데, 맨손이 아니라, 걸레로 대접을 쥐고 있었다.

그레고르는 누이동생이 우유 대신 무엇을 가져올까 너무나 궁금해서 갖가지 상상을 다 해보았다. 그러나 마음씨 착한 누이동생이 실제로 무슨 일을 할지 그는 결코 짐작도 하지 못했다. 누이동생은 그의 입맛을 시험해보려고 집에 있는 것을 모조리 가져와서 오래된 신문지 위에 늘어놓았다. 오래되고 반쯤 썩은 채소에다가 저녁때 먹다 남은 뼈다귀가 있었는데 위에 얹힌 하얀 소스는 딱딱하게 굳어 있었다. 건포도와 아몬드 몇 알, 이틀 전에 그레고르가 도저히 못 먹겠다고 말했던 치즈도 있었다. 아무것도 바르지 않은 맨 빵 하나, 버터 바른 빵 하나, 버터 바르고 소금 뿌린 빵도 보였다. 또한, 누이동생은 보아하니 그레고르 전용으로 아주 정해진 대접에 물을 부어서 음식들 옆에 놓았다. 그레고르가 자기 앞에서는 먹지 않으리라는 걸 알아챈 누이동생은 배려하는 마음에서 서둘러 자리를 떴다. 심지어 밖에서 문을 잠그기까지 했는데 그레고르가 마음껏 편하게 음식을 먹어도 된다는 걸 알려주려는 것 같았다. 음식을 향해 가는 그레고르의 작은 다리들이 잽싸게 움직였다. 상처도 어느새 완전히 나았는지 움직이는 데 아무런 불편이 없었다. 그는 신기해하며 한 달도 더 전에 손가락을 칼에 살짝 베인 것을 떠올렸다. 다친 상처는 그저께까지도 쓰라렸었다.

'이제는 감각이 무뎌졌나?'

그는 이런 생각을 하면서 어느새 치즈를 게걸스럽게 빨아 댔다. 다른 어떤 음식들보다 치즈가 가장 입맛에 당겼다. 치즈와 채소와 소스를 연이어 먹어 치우려니 너무 흡족해서 눈물까지 흘렸다. 반면에 신선한 음식은 맛이 없었고 냄새조차 견딜 수 없었다. 그는 자신이 먹고 싶은 것들을 멀찌감치 따로 끌어다 놓았다. 식사를 다 마치고도 한참을 여전히 같은 자리에 누워서 빈둥대고 있는데 누이동생이 열쇠를 천천히 돌리기 시작했다. 물러나 있으라는 신호였다. 깜빡 잠이 들었던 그는 소스라치게 놀라서 부랴부랴 소파 아래로 다시 기어들어 갔다. 누이동생이 방에 머문 시간은 아주 짧았지만, 그는 그동안 소파 아래 들어가 있느라 엄청난 자제력을 발휘해야 했다. 실컷 먹었더니 몸이 둥그러니 부풀어 올라 비좁은 소파 밑에서는 거의 숨도 쉬지 못할 지경이었다. 그는 이러다 질식할까 겁내면서 툭 튀어나온 눈으로 누이동생을 지켜보았다. 그런 사정을 모르는 누이동생은 남은 음식 찌꺼기는 물론이고 그가 전혀 건드리지 않은 음식들까지도 더는 쓸모가 없다는 듯이 빗자루로 쓸어 담았다. 그러고는 이 모든 것들을 바삐 쓰레기통에 쏟은 후, 나무 뚜껑으로 덮고는 방에서 가지고 나갔다. 누이동생이 돌아서기가 무섭게 그레고르는 소파 아래에서 바로 기어 나와 몸을 쭉 뻗고 몸을 원래대로 부풀렸다.

이제 그레고르는 매일 이런 식으로 식사를 받아먹었다. 한 번은 부모님과 하녀가 아직 잠들어 있는 아침이고 또 한 번은 온 가족이 점심을 먹은 후였다. 그럴 때면 부모님은 잠시 낮잠을 잤고 누이동생은 하녀를 이런저런 구실로 심부름을 보내곤 했다. 분명 부모님은 그가 굶어 죽는 것을 원치 않겠지만, 그가 식사를 잘한다는 것을 누이동생에게 전해 듣는 것 이상은 견딜 수 없어 하는 듯했다. 어쩌면 누이동생은 부모님이 느낄 조그만 슬픔이나마 덜어주고 싶었는지도 모른다. 사실 부모님은 이미 충분히 고통스러워하고 있지 않은가!

사건이 벌어졌던 그날 오전에 대체 뭐라고 둘러대며 의사와 열쇠 수리공을 돌려보냈는지 그레고르로서는 알 도리가 없었다. 아무도 그의 말을 이해할 수 없었기에, 아무도, 심지어 누이동생조차도 그가 자기네들 말을 이해할 수 있으리라고는 생각하지 않았다. 그래서 그는 누이동생이 그의 방에 들어와 있어도 이따금 내쉬는 한숨 소리와 가톨릭 성인들의 이름을 저 혼자 웅얼대는 소리를 듣는 것으로 만족해야 했다. 시간이 좀 지나고 누이동생이 온갖 상황에 어느 정도 익숙해지고 나서야 — 물론 완전히 익숙해진다는 건 있을 수 없는 일이고 — 그레고르는 종종 다정한 말, 혹은 그렇게 해석될 수 있는 말을 들을 수 있었다. 그레고르가 음식을 말끔히 먹어 치우면 누이동생은 "오늘은 맛이 있었구나."라고 중얼거렸다. 반대의 경우 — 그런 경우가 점차 더

잦아졌다 — 슬픈 표정으로 "이번에도 또 죄다 남겼네."라고 말하곤 했다.

그레고르는 새로운 소식을 직접 듣지는 못했지만, 옆방에서 오가는 이야기를 엿들을 수 있었다. 어디든 목소리가 들릴 때면 바삐 그쪽 문으로 다가가서 온몸을 문에 찰싹 붙였다. 특히 처음에는 은밀하게라도 그와 관련되지 않은 대화는 하나도 없었다. 처음 이틀 동안 가족들은 식사 때마다 이제 어떻게 처신해야 하는지를 놓고 의논했고, 식사 시간이 아니어도 같은 의논을 거듭했다. 아무도 혼자 집에 있으려 하지 않았고, 그렇다고 집을 아예 비워둘 수도 없었기에 식구 중 적어도 두 사람은 집에 항상 남아 있었다. 사건이 일어났던 바로 그 날, 하녀는 — 그 사건에 대해 무엇을 얼마만큼 알고 있는지는 분명치 않지만 — 당장 해고해 달라며 어머니에게 애걸복걸했다. 그러고는 15분만에 작별을 고하게 되자 눈물을 글썽이며 해고해줘서 고맙다고 했다. 자신에게 해줄 수 있는 최고의 선행이 해고이기라도 한 듯이 말이다. 그러면서 굳이 누가 요구하지도 않았는데도 사람들에게 입도 뻥긋하지 않겠다며 엄숙히 맹세까지 했다.

이제 누이동생은 어머니와 함께 부엌살림까지 떠맡아야 했다. 하지만 다들 제대로 먹지 않았기에 일이 그렇게 많지는 않았다. 한 사람이 다른 사람에게 더 먹으라고 권하면 "됐어, 많이 먹었어."와 같은 대답밖에는 들리지 않았다. 뭔가를 마시지도 않는 듯했다. 이따금 누이동생은 아버지에게 맥주를 드시겠냐고 묻고는 자기가 직접 사 오겠다며 상냥하게 제안했지만, 아버지는 대꾸하지 않았다. 그럴 때면 누이동생은 아버지의 걱정을 덜려는 듯 관리인 아주머니에게 사다 달라고 해도 된다고 말했다. 하지만 아버지는 더는 말도 못 꺼내게 단호히 "싫다."라고 말했고 그러고 나서 맥주 이야기는 더 이상 나오지 않았다.

그 일이 일어난 첫날에 이미 아버지는 재정

상태 전반과 앞날의 전망을 어머니와 누이동생에게 설명해 주었다. 아버지는 몇 차례 식탁에서 일어나 5년 전 사업이 망했을 때 용케 지켜낸 자그마한 금고에서 이런저런 영수증이나 장부들을 꺼내 왔다. 아버지가 복잡한 자물쇠를 열어서 찾던 것을 꺼낸 후 다시 금고를 잠그는 소리가 들렸다. 아버지의 이야기는 그레고르가 방에 유폐된 후 들은 것 중 그나마 처음으로 반가운 소식이었다. 그는 아버지가 사업이 망했을 때 한 푼도 건지지 못한 줄 알았었다. 적어도 아버지는 그런 추측을 반박하는 말은 일절 하지 않았고, 그레고르 역시 남은 재산이 있는지 아버지에게 물어본 적이 없었다. 아버지의 사업 실패로 가족 모두가 까마득한 절망에 빠져 있었기에 그 무렵 그레고르는 가족들이 이 불행한 일을 하루빨리 잊을 수 있도록 최선을 다해야 한다는 생각뿐이었다. 그는 열과 성의를 다해 일했고 순식간에 보잘것없는 일개 점원에서 외판 사원으로 승

진할 수 있었다. 외판 사원이 되니 돈을 벌 가능성이 새로이 열렸고, 영업실적을 올리면 금세 수수료 형태로 현금이 생겼다. 그 돈을 집에 가져와 식탁 위에 올려놓으면 가족들은 눈이 휘둥그레져서는 기뻐 어쩔 줄 몰랐다. 정말 좋았던 시절이었다. 그 후 그처럼 찬란했던 시절은 두 번다시 없었다. 그 후에도 그레고르는 온 가족의 생활비를 감당할 만큼은 돈을 벌었고 실제로도 감당했다. 어느새 가족들이나 그레고르 모두 그렇게 사는 데 익숙해졌다. 가족들은 감사히 돈을 받았고 그 역시 기꺼이 돈을 내놓았지만, 전처럼 서로 간에 애틋한 정은 더 이상 없었다. 그래도 누이동생만은 그레고르와 여전히 가까웠다. 누이동생은 자신과는 달리 음악을 아주 좋아했고 바이올린을 감동적으로 연주했기에 그레고르는 그녀를 내년에 음악학교에 보내려고 비밀리에 계획하고 있었다. 물론 엄청난 비용이 들 테지만 어떻게든 마련할 작정이었다. 그레고르가 시내의 집에서 출퇴근하는 시기에 누이동생과 대화를 나누다 보면 종종 음악학교 이야기가 나오곤 했지만, 항상 결코 실현될 수 없는 달콤한 꿈에 불과하다는 정도였다. 부모님은 그런 철없는 이야기조차 달가워하지 않았다. 그러나 그레고르는 누이동생을 음악학교에 보내려고 단단히 마음먹고 있었고, 크리스마스 날 엄숙히 발표할 작정이었다.

몸을 꼿꼿이 세운 채 문에 달라붙어 바깥의 대화를 엿듣고 있노라면 현재 그의 처지에서는 아무짝에도 쓸모없는 생각들이 그의 뇌리를 스치고 지나갔다. 때때로 온몸이 나른해져서 듣고 있기도 힘겨워지면 얼결에 머리를 문에 부딪히기도 했지만 그럴 때마다 얼른 머리를 다시 곧추세우곤 했다. 그가 내는 소리는 아무리 작아도 죄다 옆방까지 들렸고, 소리가 나면 다들 입을 다물어버렸기 때문이다.

"또 뭔 짓을 하는 건지."

아버지는 한참 뜸을 들인 후 그레고르 들으라는 듯 문 쪽을 향해 말하곤 했다. 그러고 나서야 끊겼던 대화가 다시 서서히 이어졌다.

아버지가 되풀이해서 설명한 덕분에 그레고르도 이제 재정 상태를 충분히 알게 되었다. 아버지 본인이 그런 문제에 오랫동안 신경을 쓰지 않았던 데다가, 어머니가 모든 설명을 단번에 바로 이해하지 못한 탓에 아버지는 같은 말을 반복해가면서 이렇게 설명했다. 온갖 불행이 닥친 와중에도 옛날 재산을 조금 건졌으며 그동안 거기에 붙은 이자를 건드리지 않아서 액수가 조금 늘었다는 것이다. 게다가, 그레고르가 다달이 — 그레고르 자신을 위한 적은 액수의 용돈만 남겨둔 채 — 집에 가져다준 돈도 죄다 써버리지 않고 모아서 그 돈이 지금 꽤 된다는 것이었다. 문 너머에서 듣고 있던 그레고르는 연신 고개를 끄떡이며 이런 뜻밖의 신중함과 절약 정신에 흐뭇해했다. 사실 이 여윳돈으로 아버지가 사장에게

68

진 빚을 모두 갚을 수 있었을 것이고 그랬더라면 그가 지금 직장에서 벗어날 날도 훨씬 빨리 왔을 것이다. 하지만 지금으로선 아버지가 취한 조치가 더 현명했다는 건 확실했다.

하지만 그 돈의 이자만으로 온 가족이 먹고살기에는 턱없이 모자랐다. 넉넉잡고 한두 해쯤 버틸 수 있다 쳐도 그 이상은 무리였다. 그러니까 그 돈은 결코 손을 대선 안 되고 비상금으로 가지고 있어야 하는 돈이었다. 먹고 살기 위해서는 직접 돈을 벌어야 했다. 하지만 아버지는 건강하긴 해도 5년째 아무 일도 하지 않고 있는 노인이었고 할 만한 일이 그다지 많지 않았다. 고단했지만 결실은 없이 살다가 처음으로 5년의 휴가를 누리는 동안 아버지는 살이 많이 쪄서 몸놀림이 아주 굼떠진 상태였다. 그럼 늙은 어머니가 돈을 벌어야 할까? 천식을 앓는 어머니는 집안을 돌아다니는 것조차 힘겨워하고, 이틀이 멀다고 호흡곤란을 일으켜서 거실 창문을 열어놓고 소파에 누워있어야 하지 않은가! 그렇다면 열일곱 살에 불과한 누이동생이 돈을 벌어 와야 할까? 지금까지 살면서 한 거라고는 예쁘게 차려입고 잠을 실컷 자고, 집안일을 조금 거들고, 소박한 파티에 몇 번 다닌 게 전부이며 종일 바이올린을 켜며 사는 아이가 아닌가? 돈을 벌지 않으면 안 된다는 얘기를 들을 때마다 그레고르는 문에서 떨어져 나와 옆에 놓인 서늘한 가죽 소파에 몸을 내던졌다. 수치심과 슬픔으로 온몸이 화끈거렸기 때문이다.

그는 종종 밤새 가죽 소파에 누워서 한숨도 못 자고 몇 시간씩 가죽만 긁어대곤 했다. 그러다가 낑낑거리며 안락의자를 창가로 밀고 가게 되었다. 창 아래 벽을 기어오른 후 의자에 버티고 서서 창턱에 몸을 기대려는 것이었다. 예전에 창밖을 내다보며 만끽했던 해방감이 기억나서 그랬지만, 실제로는 날이 갈수록 아주 가까이 있는 것들이 점점 더 흐릿하게 보였다. 전에는 지긋지

굿하게 봐 왔던 맞은편 병원 건물마저 이제는 도무지 보이지 않았다. 자신이 사는 곳이 조용하지만, 시내 한복판에 있는 샤를로테 가라는 사실을 몰랐더라면, 창문 너머 보이는 게 황무지라고 굳게 믿었을 만큼 바깥세상은 잿빛 하늘과 잿빛 대지가 그 경계를 구분할 수 없게 하나로 어우러져 있었다. 눈썰미 있는 누이동생은 안락의자가 창가에 있는 것을 단 두 번 보고는 방 청소를 마치면 항상 의자를 정확히 창가로 다시 밀어 놓았고 안쪽 창문까지 열어놓았다.

그레고르가 누이동생과 말을 할 수 있고 누이동생이 자신을 위해 하는 온갖 노고에 고마움을 전할 수만 있다면 누이동생의 시중을 받기가 훨씬 수월했을 것이다. 하지만 그건 불가능했기에 이 상황이 그에게는 몹시 고통스러웠다. 물론 누이동생은 온갖 민망한 상황을 되도록 모른 척 넘기려 했고 시간이 지날수록 더 자연스럽게 그 일을 해냈지만, 그레고르 또한 시간이 지날수록 모든 것을 더욱 정확하게 꿰뚫어 보게 되었다. 이젠 누이동생이 방안으로 들어오는 것조차도 그에게는 견디기 힘든 일이었다. 누이동생은 늘 아무도 그레고르의 방을 들여다보지 못하도록 잔뜩 신경을 쓰면서도 정작 본인은 방에 들어서기가 무섭게 미처 문을 닫을 겨를도 없이 곧장 창가로 달려갔다. 그러고는 당장 질식이라도 할 것처럼 다급한 손길로 창문을 활짝 열어젖히고는 아무리 추운 날이라도 창가에 서서 깊이 심호흡을 했다. 누이동생이 그렇게 하루에 두 번 수선을 떨고 시끄럽게 굴 때마다 그레고르는 기겁을 했고 소파 아래에서 덜덜 떨어야 했다. 누이동생이 창문을 닫아둔 채 그레고르가 있는 방에 머무는 게 가능했더라면 이런 소동으로 그를 괴롭히지는 않았을 거라는 사실을 그는 잘 알고 있었다.

그레고르가 벌레로 변신한 지도 어느덧 한 달이 지났을 무렵이었다. 이제 누이동생이 그레고르의 외양을 보더라도 소스라칠 까닭이 더는 없어 보였다. 그런데 어느 날 평소보다 조금 일찍 온 누이동생은 그레고르와 맞닥뜨려 버렸다. 그는 꼼짝 않고 창틀에 기대어 서서 창밖을 내다보고 있었는데, 무섭게 보이기에 딱 좋은 자세였다. 누이동생이 방안으로 들어오지 않은 걸 보고 그레고르는 그다지 놀라지 않았다. 그가 창가에 있으니 어차피 누이동생은 창문을 열 수 없었을 것이기 때문이다. 하지만 누이동생은 들어오지 않았을 뿐 아니라, 뒷걸음질을 쳐 나가서는 방문을 잠가버렸다. 모르는 사람이 이걸 보았더라면 그레고르가 누이동생을 노리고 있다가 물어뜯으려고 한 줄 알았을 것이다. 당연히 그레고르는 곧장 소파 아래로 몸을 숨기고 한참을 기다렸다. 하지만 누이동생은 점심때가 되어서야 다시 나타났고 평상시보다 훨씬 더 불안해 보였다. 그 일이 있고 난 후, 그는 누이동생이 여전히 자신의 모습을 못 견뎌 하며 앞으로도 영영 그러리라는 걸 깨달았다. 누이동생이 여태껏 소파 아래

로 조금 튀어나온 그의 몸을 보고도 달아나지 않
으려고 엄청나게 자제해왔다는 사실도 짐작하
게 되었다. 어느 날 그는 누이동생이 자기를 보
는 일이 없게 하기 위해 네 시간에 걸쳐 침대 시
트를 등에 지고 소파 위로 날랐다. 그러고는 소
파 밑에 있는 자신을 완전히 가리게끔 덧씌워놓
았다. 누이동생이 몸을 구부린다 해도 자신을 보
지 못하게 조치한 것이다. 누이동생이 시트가 필
요하지 않다고 생각한다면 치워버리면 그만이
었다. 그렇게 몸을 완전히 가리고 있는 게 그레
고르에게 유쾌한 일이 아니라는 건 분명하니까.
하지만 누이동생은 시트를 그 자리에 그대로 놓
아두었다. 어느 날 그레고르는 이 새로운 조치를
누이동생이 어떻게 받아들이는지 알아보려고
조심조심 머리로 시트를 살짝 들치고 내다보았
는데, 얼핏 누이동생에게서 감사의 눈빛을 본 듯
했다.

　처음 두 주 동안 부모님은 그를 보러 올 엄두

도 내지 못했다. 지금껏 걸핏하면 누이동생을 아무짝에도 쓸모없는 계집애라고 나무라던 부모님이 그 아이가 지금 하는 일을 극구 칭찬하는 소리도 종종 들렸다. 요즘은 누이동생이 그레고르의 방을 치우는 동안 부모님이 방문 앞에서 기다리는 일이 잦았다. 누이동생은 방에서 나오자마자 부모님에게 방 모양새가 어떤지, 그레고르가 무엇을 먹었는지, 이번에는 어떻게 행동했는지, 조금 나아진 기미가 보이는지 등등을 상세히 이야기해야 했다. 어머니는 시간이 좀 지나자 그레고르를 보러 가겠다고 했지만, 아버지와 누이동생은 그럴싸한 이유를 들며 어머니를 말렸다. 그레고르는 그 이유를 주의 깊게 듣고는 전적으로 수긍했다. 하지만 나중에는 아버지와 누이동생이 어머니를 완력으로 제지해야 했다. 어머니는 이렇게 외치곤 했다.

"그레고르에게 가게 해 줘. 그 애는 불쌍한 내 아들이라고! 내가 그 애에게 가겠다는데 왜 그

걸 이해 못 하는 거야?"

그럴 때면 그레고르는 어쩌면 어머니를 들어
오게 하는 게 나을지도 모른다고 생각했다. 매일
은 아니더라도 일주일에 한 번 정도는 좋을 것
같았다. 누이동생보다는 어머니가 모든 면에서
이해심이 훨씬 더 뛰어났다. 누이동생은 용감하
긴 하지만 아직 어린애에 지나지 않았고, 따지고
보면 그처럼 힘겨운 일을 선뜻 떠맡은 것도 어린
애다운 무모함 때문이었을 것이다.

어머니를 보고 싶다는 그레고르의 소망은 곧
이루어졌다. 그레고르는 부모님을 배려해서 날
이 밝은 동안에는 창가에 모습을 드러내지 않으
려 했다. 하지만 그렇다고 해서 몇 제곱미터밖에
안 되는 방바닥을 주야장천 기어 다닐 수도 없는
노릇이었다. 가만히 누워만 있는 건 밤만으로도
넌더리가 났고 음식을 먹는 것도 어느덧 조금도
즐겁지 않았다. 그래서 재미 삼아 벽과 천장을
이리저리 기어 다니는 게 습관이 되었다. 특히

천장에 매달려 있는 게 좋았다. 바닥에 누워있는 것과는 전혀 딴판이었다. 숨쉬기가 편했고 몸에 경쾌한 전율이 일었다. 때론 천장에 매달린 채 행복에 가까운 감정을 느끼며 멍하니 있다가 그만 미끄러져 바닥에 쿵 떨어지는 바람에 깜짝 놀란 적도 있었다. 하지만 예전과는 달리 몸을 자유자재로 놀릴 수 있어서 그렇게 높은 곳에서 떨어져도 다치지 않았다.

누이동생은 그레고르가 새로운 소일거리를 찾아냈다는 것을 즉시 알아챘다. 그가 이곳저곳을 기어 다니며 점액 자국을 남겼기 때문이다. 누이동생은 그가 최대한 긴 거리를 기어 다닐 수 있게끔, 방해되는 가구들, 특히 서랍장과 책상을 치워야겠다고 마음 먹었다. 하지만 그 아이가 혼자 할 수 있는 일이 아니었다. 아버지에게 도와달라고 말할 엄두는 나질 않았고, 하녀도 도와주지 않을 게 뻔했다. 열여섯 살짜리 하녀는 지난번 주방 하녀가 그만둔 후에도 꿋꿋이 버티고 있었지만, 항상 부엌문을 잠그고 있다가 누가 특별히 부를 때만 부엌문을 열겠다고 조건을 내걸었다. 그러니 누이동생은 아버지가 안 계실 때를 틈타 어머니에게 도움을 청할 수밖에 없었다. 어머니는 기뻐서 환호성까지 지르며 방으로 다가왔지만 정작 그레고르의 방문 앞에 이르자 아무 말도 하지 않았다. 당연히 누이동생이 먼저 방안에 아무 이상이 없는지 살펴보았고 그러고 난 후에야 어머니를 들어오게 했다. 그레고르는 서둘러 침대 시트를 아래쪽으로 내리고는 주름이 자글자글 잡히도록 잡아당겼다. 덕분에 시트는 정말이지 우연히 소파 위에 걸쳐져 있는 것처럼 보였다. 이번에는 그레고르도 시트 아래에서 밖을 훔쳐보는 걸 삼갔다. 어머니를 볼 수 있는 기회를 포기한 것이다. 지금으로선 어머니가 와 주었다는 사실만으로 그저 기쁠 뿐이었다.

"들어오세요. 오빠는 안 보여요"

누이동생이 이렇게 말하며 어머니의 손을 잡

고 방안으로 안내하는 것 같았다. 이윽고 연약한 두 여자가 묵직하고 낡은 서랍장을 원래 자리에서 밀어내는 소리가 들렸다. 너무 무리하지 말라는 어머니의 걱정에도 아랑곳하지 않고 누이동생은 힘쓰는 일을 혼자 도맡다시피 하는 듯했다. 일은 아주 더디게 진행되었다.

15분쯤 지났을까? 어머니는 서랍장을 원래 있던 자리에 그냥 두는 게 더 낫겠다고 말했다. 서랍장이 너무 무거워서 아버지가 오시기 전까지 일을 마치지 못할 것이며 그러다 서랍장을 방 한가운데 놔두게 되면 그레고르가 오다가다 부딪힐 거라는 게 첫 번째 이유였다. 그리고 두 번째로는 과연 그레고르가 가구를 치우는 걸 좋아할지 확신이 서지 않는다는 이유를 들었다. 어머니는 오히려 정반대일 것 같다는 생각이었다. 텅 빈 벽을 바라보니 어머니 마음이 무거워지는데, 그레고르라고 그런 감정을 느끼지 않는다는 보장이 없다는 것이었다. 오랫동안 쓰던 정든 가구들

없이 텅 빈 방에 홀로 있으면 버림받은 느낌이 들 것이라는 얘기였다.

"그렇지 않겠니?"

어머니는 속삭이다시피 아주 나직이 말을 이었다. 그레고르가 어디 있는지도 모르겠고, 어차피 말귀를 알아듣지 못하겠지만 그래도 말소리조차 그가 듣지 않기를 바라는 듯했다.

"이렇게 가구들을 치워버리면 우리가 그 애가 나아지리라는 희망을 아예 접고는 그 애를 매몰차게 혼자 내버려 두겠다는 뜻으로 비치지 않겠니? 내 생각에는 방을 원래 있던 그대로 두는 게 좋겠다 싶구나. 그렇게 해야 그레고르가 다시 우리에게 돌아왔을 때 모든 게 전과 다름없다고 여기고 그동안의 일을 훨씬 더 쉽게 잊을 수 있지 않겠니."

어머니가 이렇게 말하는 것을 듣자 그레고르는 자신이 지난 두 달 내내 사람들과 얼굴을 맞대고 대화를 나누는 일 없이 가족들 틈에서 판에 박힌 생활을 하다 보니 판단력이 엉망진창이 되었음을 깨달았다. 그렇지 않고서야 어떻게 방을 말끔히 치워주기를 진심으로 바랄 수 있단 말인가? 물려받은 가구들로 아늑하게 꾸민 정겨운 방을 어찌 동굴로 바꾸고 싶겠는가? 물론 그렇게 되면 거치적거리는 것 없이 사방팔방으로 기어 다닐 수는 있겠지만, 그러는 순간 인간이었던 그의 과거를 순식간에 모조리 잊어버리지 않겠는가? 그렇지 않아도 벌써 과거를 차츰 잊어가고 있지 않은가? 오랫동안 듣지 못했던 어머니의 목소리에 그는 정신이 번쩍 들었다. 아무것도 치워서는 안 되었다. 모든 것이 제자리에 있어야 했다. 가구는 그의 상태에 좋은 영향을 미치므로 절대 없어서는 안 되는 것이었다. 하릴없이 기어 다니는 데 가구가 방해된다면 그건 손해가 아니라 엄청난 이득이었다.

하지만 유감스럽게도 누이동생의 의견은 달랐다. 그 아이는 그레고르에 관해 의논할 때면 항상 부모님 앞에서 전문가 행세를 하는 게 몸에 배어 있었다. 사실 그러는 게 아주 틀린 건 아니었다. 그런데 어머니에게서 충고를 듣게 되자 누이동생은 발끈해서는 원래 계획했던 서랍장과 책상뿐 아니라, 없어서는 안 될 소파를 제외한 모든 가구를 방에서 치워야 한다고 고집을 부렸다. 누이동생이 이러는 건 어린아이의 고집 때문만은 아니었으며 최근 힘든 일을 하며 얻은 뜻밖의 자신감 때문만도 아니었다. 누이동생은 그레고르가 기어다니려면 넓은 공간이 필요한 데 반해, 가구들은 아예 쓸모가 없다는 사실을 제대로 알아보았다. 어쩌면 어떤 일에서든 만족을 찾으려는 그 나이 또래 소녀들의 무분별한 열기가 추가로 작용했을 수도 있다. 그런 심리 때문에 누이동생은 그의 상황을 한층 더 끔찍하게 만들어서 그레고르를 위해 지금까지보다 더 많은 일을 떠맡으려는 유혹에 사로잡혔을지도 모른다. 그레고르 혼자 텅 빈 공간의 네 벽을 누비고 다닌

다면 자신 말고는 그 누구도 이 방에 들어설 엄두조차 내지 못할 테니까 말이다.

누이동생은 어머니의 만류에도 뜻을 굽히지 않았다. 어머니는 이 방에 있다는 것만으로도 불안한지 안절부절못하는 듯했다. 결국, 어머니는 입을 꾹 다물고는 누이동생이 서랍장을 내가는 것을 있는 힘껏 도울 수밖에 없었다. 그레고르는 서랍장이야 아쉬운 대로 없어도 그만이지만 책상을 떠나보낼 수는 없었다. 모녀가 헉헉대며 서랍장을 들고 방을 나서기가 무섭게 그레고르는 소파 밑에서 고개를 내밀고는 어떻게 해야 신중하면서도 별 탈 없이 이 상황에 끼어들 수 있을까 둘러보았다. 그러나 불행히도 먼저 방으로 돌아온 이는 어머니였다. 누이동생은 옆방에서 서랍장을 부여잡고 혼자 끙끙거렸지만 원래 자리에서 한 치도 밀지 못하고 있었다. 어머니는 그레고르의 모습에 익숙하지 않으니 그를 보면 천식이 도질지도 몰랐다. 그레고르는 당황해서는 급히 소파의 뒤쪽 끝까지 뒷걸음질을 쳤지만, 그 바람에 시트 앞쪽이 살짝 흔들리는 건 어쩔 수 없었다. 어머니는 그것만 보고도 무슨 일인지 알아차렸다. 어머니는 멈칫하고 잠시 가만히 서 있다가 그레테가 있는 옆방으로 되돌아갔다.

그레고르는 무슨 대단한 일이 벌어진 건 아니고, 고작 가구 두어 개를 옮기는 것뿐이라고 거듭 되뇌었다. 그렇지만 두 여자가 들락날락하는 소리와 서로를 나직이 부르는 소리, 가구가 바닥에 긁히는 소리를 듣고 있자니 마치 주변이 온통 시끌벅적하게 그를 향해 조여오는 느낌을 떨쳐낼 수 없었다. 그는 머리와 다리를 몸쪽으로 잔뜩 끌어들이고 몸통을 바닥에 찰싹 붙인 채로 이 소동을 오래 견디지는 못하겠다고 저도 모르게 중얼거리고 있었다. 두 여자는 그의 방을 치운답시고 그가 아끼는 것들을 죄다 들어내고 있었다. 실톱과 다른 연장이 든 서랍장은 이미 밖으로 내갔고 이제는 붙박이로 고정된 책상을 바닥에서 풀어내는 중이었다. 상과 대학생 시절, 중·고등학생 시절은 물론이고 초등학생 시절에도 숙제를 하던 책상이 아닌가! 정말이지 이제 그는 두 여자가 좋은 의도에서 그런다는 것을 따져볼 여유가 없었다. 아니 어머니와 누이동생이 방에 있다는 것조차 거의 잊다시피 했다. 두 여자는 이제 기진맥진해서 아무 말이 없었고 터벅터벅 무거운 발소리만 내고 있었기 때문이다.

여자들이 옆 방에서 책상에 기대어 잠시 숨을 돌리는 동안 그레고르는 소파 밑에서 기어 나와 네 번이나 방향을 바꿔가며 허둥댔지만, 무엇부터 챙겨야 할지 도무지 알 수가 없었다. 그 순간 휑한 벽에 걸린 사진이 눈에 들어왔다. 온통 몸에 모피를 두른 귀부인의 사진이었다. 그는 급히 기어올라가 액자 유리에 몸을 찰싹 붙였다. 뜨겁게 달아오른 배에 와 닿는 액자 유리의 느낌이 상쾌했다. 적어도 이 사진만큼은, 지금 온몸으로 덮고 있는 이 사진만큼은, 그 누구도 빼앗지 못

하리라. 그는 거실 쪽 문으로 고개를 돌려서 여자들이 돌아오는지 살폈다.

여자들은 그리 오래 쉬지 않고 어느새 돌아왔다. 누이동생은 한쪽 팔로 어머니를 감싸 안고 거의 끌고 오다시피 했다.

"자, 이제 뭘 옮길까요?"

누이동생이 이렇게 말하며 주위를 둘러보았다. 그때 그녀의 두 눈이 벽에 달라붙어 있는 그레고르의 두 눈과 딱 마주쳤다. 어머니가 옆에 있어서인지 누이동생은 애써 평정을 유지하고는 어머니가 주위를 둘러보지 못하게끔 얼굴을 푹 숙여 어머니의 시야를 막았다. 그러고는 부들부들 떨면서 그냥 생각나는 대로 아무 말이나 지껄였다.

"저기, 어머니, 우리 잠시 거실로 돌아가는 게 어떨까요?"

그레고르는 누이동생의 의도를 간파했다. 어머니를 안전한 곳에 데려다 놓은 후, 그레고르를 벽에서 몰아내려는 것이다. 그래, 할 테면 해보라지! 사진에 달라붙어서 절대 내주지 않을 테니까. 사진을 내줄 바에야 누이동생의 얼굴에라도 달려들 작정이었다.

그러나 누이동생의 말에 어머니는 되려 불안해하며 옆으로 비켜섰고 결국은 꽃무늬 벽지 위의 큼지막한 갈색 얼룩을 보고야 말았다. 방금 본것이 다름 아닌 그레고르라는 사실을 미처 깨닫기도 전에 어머니는 새된 소리로 비명을 질렀다.

"하느님 맙소사, 하느님 맙소사!"

그러면서 양팔을 쭉 뻗고는 모든 걸 포기한 사람처럼 소파 위로 쓰러져서는 꼼짝하지 않았다.

"오빠, 대체 무슨 짓이야!"

누이동생이 주먹을 불끈 쥐고 눈을 부라리며 소리쳤다. 그레고르가 변신한 후 누이동생이 직접 그에게 건넨 첫 마디였다. 누이동생은 기절한 어머니를 깨울 만한 비상 약품 따위를 가져오려는 듯 옆방으로 달려갔다. 그레고르도 도우려 했

지만 — 사진 따위야 나중에 신경 써도 되지 않
은가 — 액자 유리에 찰싹 붙인 몸통을 있는 힘
껏 떼어내느라 시간이 좀 걸렸다. 그러고는 예전
처럼 누이동생에게 조언이라도 할 것처럼 옆방
으로 따라갔다. 하지만 하릴없이 누이동생 뒤에
서 있을 수밖에 없었다. 누이동생은 온갖 약병
들을 샅샅이 뒤적거리다가 몸을 돌려서 그를 보
고는 화들짝 놀랐다. 그 바람에 약병 하나가 바
닥에 떨어져 산산조각이 났다. 유리 파편 하나
가 그레고르의 얼굴에 상처를 냈고 뭔지 모를 독
한 약물이 그의 몸을 타고 흘러내렸다. 누이동생
은 오래 꾸물대지 않고 손에 잡히는 만큼 약병들
을 한가득 챙겨 들고는 어머니에게로 달려가서
방문을 발로 쾅 닫아버렸다. 이제 어머니는 그의
잘못으로 사경을 헤매고 있는데 그레고르는 어
머니가 있는 방으로 들어가지도 못하는 처지였
다. 어머니를 보살피고 있을 누이동생을 쫓아낼
작정이 아니라면 문을 열어서도 안 되었다. 기다

리는 것 말고는 할 수 있는 게 아무것도 없었다. 그는 자책감과 걱정에 시달리며 마구 기어 다니기 시작했다. 벽이며 가구, 천장이며 할 것 없이 닥치는 대로 기어 다니다 보니 방 전체가 빙글빙글 도는 것 같았다. 결국, 그는 절망스러운 심정으로 식탁 한가운데로 떨어지고 말았다.

그렇게 시간이 꽤 흘렀다. 그레고르는 녹초가 되어 널브러져 있었고 사방이 고요했다. 어쩌면 좋은 징조인지도 몰랐다. 그때 초인종이 울렸다. 늘 그렇듯이 하려는 부엌문을 안에서 걸어 잠그고 있었기에 누이동생이 문을 열러 나가야 했다. 아버지가 돌아온 것이다.

"대체 무슨 일이냐?"

그의 첫마디였다. 누이동생의 안색을 보고서 이미 모든 걸 알아차린 듯했다. 누이동생의 대답 소리가 흐릿하게 들리는 거로 보아 아버지의 품에 얼굴을 묻고 있는 것 같았다.

"어머니가 기절했어요. 그래도 이젠 많이 나

아지셨어요. 오빠가 방을 빠져나왔지 뭐예요."

"내 그럴 줄 알았다."

아버지가 말했다.

"내가 귀에 못이 박히도록 말하지 않았니? 그런데도 너와 네 어머니는 들으려 하지 않았지."

아버지는 누이동생의 짧막한 대답만 듣고는 그레고르가 무슨 난폭한 짓이라도 저질렀다고 오해하는 게 분명했다. 그러니 지금 당장은 아버지를 진정시키는 게 급선무였다. 아버지에게 자초지종을 제대로 설명할 시간이나 기회가 없어 보였기 때문이다. 그래서 그는 자기 방문 쪽으로 급히 가서 문에 몸을 바싹 붙이고 있었다. 아버지가 거실로 들어오면 곧장 자신의 선한 의도를 알아주기를 바라는 마음에서였다. 다시 말해서 자신은 곧장 방으로 사라지려 하니 거칠게 몰아내지 말고 그저 방문만 열어주면 된다는 것을 알리려 했다.

그렇지만 아버지는 그런 세심한 뜻까지 이해

하고 말고 할 기분이 아니었다. "아하!" 아버지가 거실로 들어서기가 무섭게 소리를 질렀다. 마치 화를 내는 동시에 기뻐하는 듯한 어조였다. 그레고르는 머리를 문에서 떼어 아버지 쪽으로 치켜들었다. 그런데 지금 눈앞에 서 있는 아버지는 그가 꿈에도 상상해본 적이 없는 모습이었다. 물론 요즈음 그레고르는 새로 배운 방식으로 이리저리 기어 다니는 데 몰두하느라 예전만큼 집안 돌아가는 형편에 신경을 쓰지 못하고 있었다. 정말이지 변화한 상황에 대처할 수 있게끔 마음의 준비를 해 뒀어야 했다. 하지만 아무리 그렇다 쳐도 저기 보이는 게 정말 아버지란 말인가! 예전에 그레고르가 출장을 떠날 때면 지친 모습으로 침대에 파묻혀 있던 아버지가, 저녁에 집에 돌아오면 잠옷 바람으로 안락의자에 앉은 채 일어서지도 못하고 그레고르를 맞으며 반갑다는 표시로 팔을 들어 올리는 게 고작이던 아버지가, 일 년에 몇 번 일요일이나 명절에 드물게 다

같이 산책하러 나갈 때면 낡은 외투를 꼭 여미고
는, 원래 느리게 걷는 그레고르와 어머니 사이에
서 조심조심 지팡이를 짚으며 한층 더 느리게 걷
다가 무언가 할 말이 있으면 거의 매번 멈추어
서서는 같이 걷던 가족들을 불러 모으던 아버지
가 저기 보이는 저 남자라고?

그러던 아버지는 지금 꼿꼿한 자세로 서 있었
다. 은행 사환이 입는 금 단추 달린 파란 제복을
몸에 꼭 맞게 입고 있었는데, 상의의 높고 빳빳
한 옷깃 위로 두툼한 이중 턱이 불거져 있었고
덥수룩한 눈썹 아래로는 꺼먼 눈이 시퍼렇게 빛
을 발하고 있었다. 평소에는 산발이던 하얀 머
리카락은 어색하리만큼 반듯하게 가르마를 타
서 반드르르 빗어 넘겼다. 아버지는 은행의 머리
글자가 금실로 수 놓인 모자를 집어 던졌다. 모
자는 포물선을 그리며 거실을 가로질러서는 소
파 위에 떨어졌다. 아버지는 기다란 제복 상의
의 끝자락을 뒤로 확 젖히고는 두 손을 바지 주

머니에 찔러 넣은 채 인상을 잔뜩 찌푸리며 그레고르를 향해 다가왔다. 아버지 본인도 지금 무얼 하려는지 모르는 것 같았다. 여하튼 아버지는 두 발을 유난히 높이 치켜들었다. 그레고르는 아버지의 장화 밑창이 어마어마하게 크다는 사실에 소스라쳤다. 하지만 그 자리에 가만히 있을 수는 없었다. 그레고르가 새로운 삶을 살게 된 첫날부터, 아버지는 그를 매우 엄격히 다루는 게 최선책이라 여긴다는 것을 그는 잘 알고 있었다. 그래서 그는 아버지를 피해 달렸다. 아버지가 멈추어 서면 같이 멈추고 아버지가 움직이려는 기미만 보여도 부리나케 앞으로 나아갔다. 이렇게 아버지와 아들은 방안을 몇 바퀴 돌았지만, 결정적인 변화는 일어나지 않았다. 모든 동작이 아주 느린 속도로 이루어졌기 때문에 쫓고 쫓기는 상황처럼 보이지도 않았다. 그러는 내내 그레고르는 거실 바닥을 벗어나지 않았다. 만약 그가 벽이나 천장을 타고 달아난다면 아버지 눈에 몹쓸

놈으로 보일까 봐 겁이 나서였다. 아무튼, 그레고르는 이런 달음박질도 오래는 못 하겠다고 혼자 중얼거렸다. 아버지가 한 걸음을 내디딜 때마다 그는 무수히 많은 걸음을 내디뎌야 했기 때문이다. 어릴 적부터 폐가 그다지 튼튼하지 않았던 만큼 벌써 숨이 가빠 오는 게 느껴졌다. 그렇게 그는 눈도 제대로 뜨지 못한 채 죽을힘을 다해 달리느라 버둥댔다. 정신이 몽롱해져서 달리는 것 말고는 다른 방도가 생각나지 않았다. 벽을 타면 이 상황을 벗어날 수 있다는 것도 거의 잊고 있었다. 하긴 거실 벽을 가로막은 가구들은 공들여 조각된 것으로 톱니 문양과 뾰족한 모서리로 뒤덮여 있긴 했다.

바로 그때 무언가가 날아와 그를 아슬아슬하게 스치고는 획 떨어지더니 그의 앞에서 데굴데굴 굴렀다. 사과였다. 곧이어 두 번째 사과가 날아왔다. 그레고르는 화들짝 놀라서 멈춰 섰다. 더 달아나 봤자 아무 소용이 없었다. 아버지가 그에게 사과로 폭력을 가하기로 작정했으니 말이다. 아버지는 찬장에 놓인 과일 바구니에서 사과를 꺼내 호주머니 가득 채우고는 처음에는 제대로 겨냥도 하지 않은 채 하나씩 던져댔다. 작고 빨간 사과들은 마치 전류라도 실린 듯 거실 바닥을 통통 굴러다니며 서로 맞부딪혔다. 별 힘을 주지 않고 던진 사과 하나가 그레고르의 등을 살짝 스쳤지만 별 탈 없이 미끄러져 내렸다. 하지만 곧이어 날아온 사과가 그레고르의 등짝에 제대로 박혀버렸다. 그레고르는 몸을 끌고 계속 움직이려 했다. 자리를 옮기면 믿기지 않을 만큼 지독한 통증이 사라지기라도 할 듯이 말이다. 하지만 그는 그 자리에 못 박힌 듯 꼼짝달싹 못 하다가 결국은 모든 감각이 뒤범벅된 느낌으로 쭉 뻗어버리고 말았다. 그가 마지막으로 본 것은 어머니였다. 그의 방문이 활짝 열리더니 비명을 지르는 누이동생을 뒤로하고 어머니가 속옷 바람으로 다급히 달려왔다. 실신한 어머니가 숨을 편히 쉴 수 있게끔 누이동생이 겉옷을 벗겨두었나 보았다. 어머니는 아버지에게 달려갔는데 느슨 하게 풀어놓은 치마들이 하나둘 아래로 흘러내 렸다. 어머니는 치맛자락에 발이 걸려 비틀거리 며 아버지에게 달려들어 그를 끌어안았다. 아버 지와 완전히 한 덩어리가 된 어머니는 — 이미 그레고르는 앞이 보이지 않았다 — 양손으로 아 버지의 뒤통수를 감싸 안고 그레고르를 살려 달 라고 애원했다.

3

그레고르는 심한 부상으로 한 달을 넘게 앓았 다. 등에 박힌 사과는 아무도 빼낼 엄두를 내지 못했기에 무슨 기념품처럼 살에 박혀 있었다. 이 일로 인해 아버지조차 그레고르가 지금은 칙칙 하고 역겨운 몰골을 하고 있긴 해도 엄연한 가족 의 일원이라는 사실을 깨달은 듯했다. 그러니 그를 원수처럼 대해서는 안 되며, 혐오감을 누르고 그저 참고 또 참는 것만이 가족의 도리를 다하는 것이라고.

이제 그레고르는 부상으로 인해 움직일 수 있는 능력을 영원히 잃어버린 것 같았다. 당장은 자기 방을 가로질러 기어가는 데도 늙은 상이군인처럼 아주 오랜 시간이 걸렸고, 천장을 기어오르는 건 꿈도 꿀 수 없었다. 하지만 그레고르는 상태가 이토록 나빠진 데 대한 보상을 너무도 충분히 받게 되었다고 생각했다. 이제는 저녁 무렵이면 거실로 통하는 문이 어김없이 열렸기에 그는 한두 시간 전부터 그 문만 뚫어져라 보곤 했다. 문이 열리면 거실에서는 자신의 모습이 보이지 않게끔 어두운 방 안에 누워 불 밝힌 식탁에 둘러앉은 가족들을 바라볼 수 있었다. 예전과는 달리 사실상 모두의 묵인 속에 가족 간의 대화도 들을 수 있었다.

출장을 다니던 시절 그레고르는 좁은 호텔 방

에서 눅눅한 이부자리에 지친 몸을 던지고는 식구들의 활기찬 대화를 조금은 그리워하곤 했는데 이제 그런 대화를 더는 들을 수 없었다. 요즘은 거의 말이 오가지 않은 채 잠잠하기만 했다. 아버지가 저녁 식사를 마치기가 무섭게 의자에 앉은 채 잠이 들면, 어머니와 누이동생은 서로 조용히 하라고 신호를 보냈다. 어머니는 등불 아래로 몸을 잔뜩 구부리고 의상실에 넘길 고급 속옷을 꿰맸고 판매원으로 취직한 누이동생은 나중에 더 좋은 자리에 오르려고 저녁이면 속기와 프랑스어를 공부했다. 때때로 아버지가 깨서는 그새 깜빡 잠이 들었다는 걸 아예 모르는 듯 어머니에게 말을 걸곤 했다.

"오늘도 무슨 바느질을 그렇게 오래 하는 거요!"

그러고는 곧 다시 잠이 들면 어머니와 누이동생은 지친 표정으로 서로를 보며 미소 지었다.

무슨 고집인지 아버지는 집에서도 사환 제복

을 벗으려 하지 않았다. 무용지물이 된 잠옷을 옷걸이에 그대로 걸어놓은 채 아버지는 항상 근무 태세를 갖추고 상관의 호출을 기다리기라도 하듯이 제복을 단정하게 차려입은 채 의자에 앉아 얕은 잠이 들었다. 그런 일이 되풀이되다 보니 원래도 새것이 아니던 제복은 어머니와 누이동생의 갖은 노력에도 불구하고 점차 더러워졌다. 비록 제복은 얼룩투성이지만 금 단추만은 방금 닦은 듯 유난히 반짝거렸는데, 때때로 그레고르는 늙은 아버지가 저녁 내내 아주 불편한 자세로 곤히 자는 모습을 바라보곤 했다.

시계가 10시를 치면 어머니는 아버지에게 나지막이 말을 걸어 깨우고는 침대로 가서 자라고 설득했다. 의자에서는 제대로 잠을 잘 수가 없는데 아침 6시에 출근하려면 충분히 푹 자야 한다는 얘기였다. 하지만 사환으로 취직한 후 고집이 부쩍 는 아버지는 식탁에 더 앉아 있겠다고 우겨 놓고는 또 어김없이 잠이 들었다. 그런 아버지를 의자에서 침대로 보내는 건 여간 힘든 일이 아니었다. 어머니와 누이동생이 온갖 잔소리로 아무리 성화를 해도 아버지는 15분 남짓 눈을 감은 채 느릿느릿 고개만 저어댔다. 어머니가 아버지의 옷소매를 당기며 달콤한 말로 구슬리고, 누이동생이 하던 공부를 제쳐두고 어머니를 거들었지만 아무 소용이 없었다. 오히려 아버지는 의자에 더 깊숙이 파묻히려고만 했다. 결국, 두 여자가 양쪽에서 겨드랑이를 끼고 일으켜 앉히고 나서야 아버지는 눈을 뜨고는 어머니와 누이동생을 번갈아 보며 이렇게 말하곤 했다.

"이런 게 인생이지. 이런 게 내 늘그막의 안식이야."

두 여자의 부축을 받으며 힘겹게 몸을 일으킨 아버지는 자기 몸이 너무 무거워 혼자서는 감당하지 못하겠다는 듯 여자들에게 끌려 문턱까지 갔다. 그러고는 이제 됐다며 손사래를 치고는 혼자 걸어갔다. 그러면 어머니와 누이동생은 바느

질감과 펜을 팽개치고는 서둘러 아버지를 뒤따라가 보살폈다.

뼈 빠지게 일하느라 지칠 대로 지친 이 가족 중 대체 누가 꼭 해야 하는 일 이외에 그레고르를 돌볼 여유가 있겠는가? 점점 살림은 궁색해졌고 하녀도 내보냈다. 대신 덩치가 크고 뼈대가 굵은 백발의 청소부 할멈이 아침저녁으로 드나들며 힘든 일을 떠맡았고, 나머지 일은 어머니가 바느질 품을 파는 틈틈이 맡아 했다. 이윽고 가족 대대로 물려받은 장신구들까지 내다 파는 지경까지 되었다. 어머니와 누이동생이 각종 모임이나 축하 행사에 참석할 때면 기쁜 마음으로 달고 나가던 장신구들이었는데, 그레고르는 어느 날 저녁 가족들이 그것들을 얼마를 받고 팔아야 할지 의논하는 것을 듣고서야 그 사실을 알게 되었다. 그러나 가장 큰 고민은 현재 형편에 비하면 집이 너무 큰데 그레고르를 운반할 방법이 없어서 집을 옮길 수 없다는 사실이었다. 하지만 그레고르는 이사를 못 하는 것이 자기 때문만은 아님을 잘 알고 있었다. 적당한 상자에 숨구멍 몇 개만 뚫은 다음 그레고르를 거기 넣어 옮기면 될 일이었다. 가족들이 이사를 못 하는 건 오히려 크나큰 절망감 때문이었다. 즉 모든 친척이나 지인 중 유독 자신들만이 이런 끔찍한 불행을 겪고 있다는 막막함 때문이었다. 세상이 가난한 사람들에게 요구하는 온갖 일을 그들은 있는 힘껏 해내고 있었다. 아버지는 은행 말단 직원들에게 아침 식사를 날라다 주었고, 어머니는 얼굴도 모르는 사람들의 속옷을 만드느라 건강을 해쳤고, 누이동생은 계산대 뒤에서 고객들을 상대하느라 이리저리 종종걸음을 쳐야 했다. 이러니 그들에게 지금 하는 일 이상의 일을 해낼 만한 기운이 있을 리 없었다. 어머니와 누이동생은 아버지를 침대에 누이고 돌아와서는 일거리를 놓아둔 채 서로 뺨이 맞닿을 정도로 바싹 다가앉았다. 어머니는 그레고르의 방을 가리키며 이렇게 말했다.

"그레테, 저 문 좀 닫아라."

거실의 두 여자가 부둥켜안고 눈물을 흘리거나, 아니면 눈물도 잊은 채 멍하니 식탁만 바라보는 동안 어두운 방에 홀로 남은 그레고르는 등에 난 상처가 덧나기라도 한 듯 아파했다.

그레고르는 며칠 밤낮을 뜬눈으로 지새우다시피 했다. 그는 이따금 저 방문이 다시 열리면 예전처럼 가족들을 부양하겠다고 나서려고 생각하곤 했다. 오랜만에 사장과 지배인, 직원들과 견습생들, 도무지 말귀를 못 알아듣는 사환, 다른 회사에 다니는 친구 두어 명과 어느 지방 호텔의 여종업원이 새삼 생각났다. 어느 모자 가게의 계산원 아가씨에게 진지하게 구애했지만, 너무 꾸물대다 실패했던 애틋하고 덧없는 추억도 떠올랐다. 그 사람들 모두가 생판 모르는 사람이거나 잊어버린 사람들과 뒤섞여 등장했다. 사실 그들은 그와 그의 가족에게 도움이 되기는커

녕 가까이 갈 수도 없는 사람들이었다. 그런 만
큼 그는 그들이 뇌리에서 사라지자 기뻤다. 그러
고 나니 가족을 다시 부양하겠다는 마음이 도로
사라졌고 자신을 제대로 돌보아주지 않는 가족
에게 몹시 화가 났다. 사실 딱히 먹고 싶은 음식
도 생각나지 않았지만 어떻게든 식료품 저장실
로 가겠다는 계획을 세워보았다. 배는 고프지 않
지만 거기서 자신에게 어울림 직한 음식을 가져
오면 어떨까 싶었다.

　누이동생은 이제 그레고르가 어떤 음식을 좋
아하는지 전혀 관심을 기울이지 않았고 그저 아
침과 점심때 발끝으로 아무 음식이나 그의 방에
툭 밀어 넣고는 급히 가게로 달려갔다. 저녁에
돌아오면 그레고르가 음식에 입이라도 댔는지,
아니면 ― 이 경우가 더 잦았지만 ― 아예 건드
리지도 않았는지 신경 쓰지도 않고 남은 음식을
빗자루로 쓸어냈다. 저녁이면 늘 방을 청소했는
데 어찌나 후다닥 해치우던지 눈 깜짝할 사이에

다 끝나 버렸다. 어느새 벽에는 더러운 줄무늬가 생겼고 이곳저곳에 먼지와 오물이 뭉쳐져 뒹굴고 있었다. 그레고르는 처음에는 누이동생을 나무라기 위해 유난히 지저분한 방구석에 가서 떡하니 버티고 서 있었다. 하지만 그가 설사 몇 주를 그렇게 서 있었다 해도, 그 아이의 태도는 전혀 나아지지 않았을 것이다. 누이동생도 당연히 먼지들을 보았지만, 그냥 그대로 두기로 작정한 것 같았다. 게다가 누이동생은 전과는 달리 유난히 예민해져서 ― 하긴 모든 가족이 다 예민한 상태였다 ― 그레고르의 방을 청소하는 일은 자기 몫이라고 신경을 곤두세웠다. 한번은 어머니가 그레고르의 방을 청소했는데 물 몇 동이를 다 써야 할 만큼 대청소였다. 그레고르는 축축한 게 싫어서 소파에 벌렁 누워 짜증을 내며 꼼짝 않고 있었다. 하지만 어머니도 곤욕을 피할 수는 없었다. 저녁에 집에 돌아온 누이동생은 그레고르의 방이 달라진 걸 보고는 골을 잔뜩 내며 거실로 달려 들어가 와락 울음을 터뜨렸다. 어머니가 두 손을 치켜들고 달려려 했지만, 소용이 없었다. 안락의자에서 졸고 있던 아버지가 깨어났다. 부모님은 처음에는 깜짝 놀라서 쩔쩔매기만 하다가 이내 야단법석을 떨기 시작했다. 아버지는 오른편에서 어찌자고 그레고르의 방 청소를 누이동생에게 맡겨두지 않았냐고 어머니를 나무랐고, 누이동생은 왼편에서 두 번 다시 그레고르의 방을 청소하지 말라고 어머니를 윽박질렀다. 그러는 동안 어머니는 흥분해서 정신을 못 차리는 아버지를 침대로 데려가려고 애를 썼고, 누이동생은 몸을 들썩이고 흐느끼면서 작은 주먹으로 식탁을 탕탕 치고 있었다. 그레고르는 자기가 이 볼썽사나운 소동을 보지 않게끔 문을 닫아줄 생각을 아무도 하지 않는다는 게 화가 나서 큰 소리로 쉭쉭댔다.

누이동생이 직장 일에 지쳐서 예전처럼 그레고르를 돌보는 걸 힘겨워하긴 했지만, 굳이 어머니가 누이동생의 일을 떠맡지 않아도 그레고르는 푸대접을 받지 않고 살 수 있었을 것이다. 이젠 청소부 할멈이 있었기 때문이다. 나이 지긋한 과부인데 오랜 세월 건장한 덩치로 온갖 풍파를 견뎌냈을 것같이 보였고, 그레고르를 전혀 혐오스러워하지 않았다. 호기심도 별로 없었는데 하루는 우연히 그 여자가 그레고르의 방문을 열었다가 그레고르를 보게 되었다. 화들짝 놀란 그레고르는 쫓아오는 사람이 없는데도 이리저리 달리기 시작했다. 반면에 청소부 할멈은 깍지 낀 양손을 배에 얹은 채 그저 놀랍다는 표정으로 서 있었다. 그때부터 할멈은 날마다 아침저녁으로 문을 슬그머니 열고는 그레고르를 들여다보기를 거르지 않았다. 처음에는 그를 자기에게 오라고 부르기도 했는데 딴에는 친근하게 군답시고 "이리 와봐! 늙다리 말똥구리야!", "아이고, 저 말똥구리 좀 보게!"라고 말을 붙였다. 그레고르는 그따위 말에 아예 대꾸하지 않았고, 마치 방문이 열린 걸 모르는 것처럼 제자리에서 꿈쩍도 하지 않았다. 아, 이 할멈이 제 기분 내키는 대로 그레고르를 성가시게 굴게 그냥 두지 않고, 그럴 시간에 그의 방이나 매일 청소하라고 시키면 얼마나 좋을까! 어느 이른 아침, 봄이 머지않았다는 걸 알리려는 듯 세찬 빗줄기가 유리창을 때리고 있었다. 그때 청소부 할멈이 또 그놈의 허튼소리를 지껄이기 시작했다. 그레고르는 너무나 화가 나서 달려들기라도 할 기세로 그녀를 향해 다가갔다. 하지만 그의 움직임은 굼떴고 위태로웠다. 할멈은 겁을 먹기는커녕 되려 문 옆에 있는 의자 하나를 번쩍 들어 올리더니 입을 쩍 벌리고 섰다. 의자로 그레고르의 등을 내리친 후에야 벌린 입을 다물 기세였다. 그레고르가 방향을 틀자 할멈이 말했다. "고작 그게 다냐?" 그러고는 의자를 다시 방구석에 조용히 내려놓았다.

그레고르는 이제 거의 아무것도 먹지 않았다. 어쩌다가 차려놓은 음식 곁을 지나가게 되면 재미 삼아 한 입 베어 물기도 했지만 몇 시간씩 입 속에 넣고 있다가 그대로 뱉어내기가 일쑤였다. 처음에는 음식이 당기지 않는 게 방이 지저분해서 우울한 탓이라고 생각했다. 하지만 그는 금세 바뀐 방에 적응했다. 가족들은 마땅히 둘 곳이 없는 물건들을 그레고르의 방에 들여다 놓는 버릇이 생겼다. 방 하나에 하숙인 셋을 들이면서 그런 물건들이 부쩍 늘기도 했다. 새로 들어온 근엄한 신사들은 — 그레고르가 얼핏 문틈으로 보니 셋 모두 수염이 덥수룩했다 — 지나칠 정도로 질서를 강조했으며 일단 이 집에 세를 든 만큼 자신들의 방은 물론이고 온 집안, 특히 부엌이 잘 정돈되어 있어야 한다고 까탈을 부렸다. 그런 만큼 쓸데없는 물건이나 더러운 잡동사니를 보면 질색을 했다. 게다가 그들은 자신들이 쓰던 살림살이를 대부분 가지고 들어왔다. 그러다 보니 이런저런 물건들이 남아돌게 되었는데 내다 팔 수도 없지만 버리기에는 아까운 것들이었다. 이제 부엌에서 쓰는 재를 담는 통이나 쓰레기통 등 온갖 것들이 죄다 그레고르의 방으로 옮겨갔다. 성미 급한 청소부 할멈은 당장 사용하지 않는 물건이다 싶으면 곧장 그레고르의 방에 내동댕이쳤다. 다행히도 그레고르는 대개 새로 들어오는 물건과 그것을 쥔 손 말고는 보지 않아도 되었다. 아마도 할멈은 적당한 시간에 기회가 닿으면 물건들을 다시 꺼내 오거나, 아니면 모아 두었다가 한꺼번에 내버리려고 했으리라. 하지만 실제로는 그레고르가 잡동사니 사이를 비집고 다니며 이리저리 밀어 놓지 않았더라면 그 물건들은 처음 던져진 장소에 그대로 있었을 것이다. 처음에는 기어 다닐 공간이 없어서 어쩔 수 없이 한 일이었지만 그는 차츰 재미를 붙이게 되었다. 그렇게 움직이다 보면 죽을 만큼 고단하고 슬퍼져서 몇 시간을 꼼짝할 수 없었지만 말이다.

　간혹 하숙인들은 다 함께 쓰는 거실에서 저녁 식사를 하곤 했기에 저녁 시간에 거실로 통하는 문이 닫혀 있는 적도 종종 있었다. 하지만 그레고르는 문이 열리지 않아도 별로 실망하지 않았다. 문이 열려 있을 때도 거실을 들여다볼 기회를 버리고 방안에서 가장 어두운 구석에 누워 있는 적이 많았는데, 그러는 걸 가족들이 모르고 있었을 뿐이다. 그런데 하루는 청소부 할멈이 거실문을 조금 열어놓고 갔는데, 하숙인들이 저녁에 거실로 들어와 불을 켤 때까지도 문은 여전히 열린 채로 있었다. 하숙인들은 원래 아버지와 어머니, 그레고르가 앉았던 식탁 위쪽에 자리를 잡고는 냅킨을 펼치고 나이프와 포크를 집어 들었다. 이윽고 어머니가 고기가 담긴 큰 대접을 들고 거실로 들어섰고, 바로 뒤에는 누이동생이 감자를 수북이 쌓아 올린 큰 대접을 들고 따라왔다. 음식에서 김이 모락모락 피어올랐다. 하숙인들은 먹기 전에 시험이라도 하려는 듯 앞에 놓인 대접 위로 몸을 숙였다. 가운데 앉은 신사는 다른 두 신사의 윗사람으로 보였는데, 정말 그가 대접에서 고기 한 점을 잘라냈다. 보아하니 고기가 연하게 잘 익었는지, 아니면 부엌으로 되돌려 보내야 하는지 결정하려는 것 같았다. 그는 흡족해했고, 긴장해서 지켜보던 어머니와 누이동생은 안도의 한숨을 내쉬며 미소를 지었다.

　가족들은 부엌에서 식사했다. 아버지는 부엌으로 가기 전에 꼭 거실에 들러서 모자를 벗어들고 꾸벅 절을 하고는 식탁을 한 바퀴 삥 돌았다. 그럴 때면 하숙인들도 모두 일어나서 수염을 달싹이며 무어라 웅얼거렸다. 자기들끼리 남게 되면 그들은 거의 한마디 말도 없이 먹기만 했다. 이상하게도 그레고르의 귀에는 식사할 때 나는 온갖 소리 중에서 유독 이빨로 씹는 소리만 도드라지게 들렸다. 마치 음식을 먹으려면 이빨이 있어야 하며, 아무리 턱이 근사해도 이빨이 없으면 아무 소용 없다는 것을 그에게 깨우쳐주는 소리인 듯했다.

　'나도 뭔가 먹고 싶긴 해.'

그레고르가 울적해서 중얼거렸다.

'하지만 저런 것들은 아니야. 저 하숙인들이 먹는 걸 먹느니 차라리 죽어버릴 거야!'

바로 그날 저녁 부엌에서 바이올린 소리가 들렸다. 그레고르는 변신한 후로는 바이올린을 켜는 걸 들은 기억이 전혀 없었다. 하숙인들은 벌써 식사를 마친 뒤였다. 가운데 앉은 신사가 신문을 꺼내더니 다른 두 신사에게 한 장씩 나눠주었다. 이제 그들은 의자에 편안히 앉아서 담배를 피우며 신문을 읽고 있었다. 그런데 바이올린 소리가 들리자 그들은 귀가 쫑긋해져서 몸을 일으키고는 까치 발로 복도 쪽 문으로 가서 옹기종기 모여 섰다. 부엌에서도 인기척을 들은 모양이었다. 아버지가 큰 소리로 말했다.

"시끄러우면 당장 그만두라고 하겠습니다."

그러자 가운데 신사가 말했다.

"전혀 그렇지 않습니다. 따님이 거실로 와서 바이올린을 연주하시면 어떨까요? 아무래도 거실이 훨씬 더 아늑하고 쾌적하지 않습니까?"

"아, 그렇게 하겠습니다."

아버지는 자신이 바이올린 연주자이기라도 한 듯 대답했다.

하숙인들은 거실로 돌아가서 연주가 시작되기를 기다렸다. 곧 아버지는 악보 받침대를, 어머니는 악보를, 누이동생은 바이올린을 들고 들어왔다. 누이동생은 차분하게 연주할 준비를 했다. 부모님은 지금껏 하숙을 친 경험이 없었던 만큼 하숙인들을 지나치게 깍듯이 대하느라 원래 앉던 의자에 앉을 엄두도 내지 못했다. 아버지는 문에 기대어 서서는 단정히 차려입은 제복 상의의 단추 사이에 오른손을 찔러 넣고 있었다. 한 하숙인이 어머니에게 의자를 권하긴 했는데 그가 무심히 의자를 가져다준 곳이 하필 외진 구석 자리였다. 어머니는 굳이 의자를 옮기려 들지 않고 거기 앉았다.

누이동생이 연주를 시작했다. 아버지와 어머

니는 각기 제 자리에서 누이동생의 손놀림을 주의 깊게 지켜보았다. 바이올린 소리에 매료된 그레고르는 대담하게 조금씩 앞으로 나갔는데 어느새 머리를 거실로 들이밀고 있었다. 그는 요즘에는 남들을 거의 배려하지 않았고, 그런 자신이 그다지 놀랍지도 않았다. 예전에는 자신의 배려심에 대단한 자부심을 느끼고 있었는데 말이다. 사실 지금이야말로 남들 앞에서 몸을 숨겨야 할 이유가 더 많아졌다고 할 수 있을 것이다. 온통 먼지투성이인 방 안에서는 조금만 몸을 움직여도 먼지가 풀풀 날리니, 그 역시 먼지를 함빡 뒤집어쓸 수밖에 없었다. 그는 등과 옆구리에 들러붙은 실밥과 머리카락과 음식물 찌꺼기를 질질 끌고 다녔다. 전에는 하루에도 몇 차례 양탄자에 등을 쓱쓱 비벼서 오물을 털어냈지만, 지금은 그러기에는 매사에 너무나 무관심해져 있었다. 그는 이런 더러운 몰골로 티끌 하나 없이 깨끗한 거실 바닥을 주저하지 않고 기어갔다.

그렇지만 아무도 그에게 주의를 기울이지 않았다. 가족들은 바이올린 연주에 완전히 심취해 있었다. 반면 하숙인들은 처음에는 양손을 바지 주머니에 찔러 넣은 채 악보라도 읽을 것처럼 악보대 뒤로 바싹 다가섰다. 너무 가까이 다가서는 바람에 연주에 방해될 정도였다. 하지만 얼마 지나지 않아 그들은 고개를 숙이고 낮은 목소리로 수군대며 창가 쪽으로 물러나서는 거기 그대로 서 있었다. 아버지는 그들의 눈치를 보았다. 하숙인들은 감미롭고 흥겨운 바이올린 연주를 들을 줄 알았다가 실망한 듯했다. 싫증을 내면서도 예의상 마지못해 참고 있는 게 너무도 분명했다. 세 사람 모두 입과 코로 시가 연기를 연신 뿜어대는 모습으로 보아 대단히 짜증이 났다는 것을 알 수 있었다.

사실 누이동생은 참으로 아름답게 연주했다. 누이동생은 얼굴을 옆으로 기울이고는 찬찬히 슬픈 눈빛으로 악보를 읽어나갔다. 그레고르는 조금 더 앞으로 나가서 머리를 바닥에 바짝 붙였다. 그렇게 하면 누이동생과 눈을 마주칠 것 같았다. 이토록 음악에 감동하는 그가 정녕 짐승이란 말인가? 무엇인지도 모른 채 애타게 갈망했던 음식으로 이끄는 길이 그의 앞에 펼쳐진 것 같았다. 그는 누이동생에게 다가가서 치맛자락을 잡아당길 작정이었다. 그렇게 신호를 보내서 그 아이에게 바이올린을 들고 자기 방으로 와 달라고 넌지시 청하려 했다. 자기만큼 그 아이의 연주를 제대로 알아듣는 사람은 여기 아무도 없었기 때문이다. 그는 두 번 다시 누이동생을 방에서 내보내고 싶지 않았다. 적어도 자기가 살아 있는 한은 말이다. 그의 끔찍한 몰골이 처음으로 쓸모가 있겠다 싶었다. 문이란 문은 모조리 지키고 있다가 누가 침입하려 들면 쉭쉭 소리를 내며 맞서리라. 물론 그 아이를 강요해선 안 되고 자발적으로 그의 곁에 머무르게 해야 할 것이다. 그와 나란히 소파에 앉은 누이동생은 그가 하는 얘기에 귀 기울일 것이다. 원래는 그 아이를 음악학교에 보내려고 굳게 결심했고, 이런 불행만 닥치지 않았더라면 지난 크리스마스 때 — 크리스마스는 벌써 지나갔지? — 부모님께 이 결심을 알리고 누가 뭐라고 말리던 꿈적하지 않을 거라고 얘기할 작정이었다. 이런 이야기를 들으면 누이동생은 감동의 눈물을 쏟을 것이다. 그러면 그레고르는 누이동생의 어깨를 타고 올라가서 — 그 아이는 상점에 나가면서부터 목을 리본이나 옷깃으로 가리지 않았다 — 그녀의 맨 목에 입을 맞출 생각이었다.

"잠자 씨!"

가운데 신사가 아버지를 부르고는 말없이 집게손가락으로 천천히 앞으로 기어 오는 그레고르를 가리켰다. 순간 바이올린 소리가 멈추었다. 가운데 신사는 고개를 절레절레 젓다가 친구들을 보며 피식 웃더니 다시 그레고르를 보았다. 아버지는 그레고르를 쫓아내는 것보다는 하

숙인들을 진정시키는 게 더 급하다고 여기는 듯
했다. 정작 그들은 전혀 흥분하지 않았고 오히려
바이올린 연주보다는 그레고르의 존재에 더 흥
미를 느끼는 것 같았다. 아버지는 허겁지겁 하숙
인들에게 달려가더니 양팔을 펼쳐서 그들을 방
안으로 몰아넣으려 했다. 그러는 동시에 그들이
그레고르를 보지 못하도록 자기 몸으로 막아섰
다. 이제 하숙인들은 조금 화가 난 것 같았다. 아
버지의 행동 때문인지, 아니면 옆방에 그레고르
와 같은 존재가 있다는 걸 모르다가 이제야 알게
되어서인지는 분명치 않았다. 그들은 아버지에
게 해명을 요구하다가 자기들도 팔을 치켜들고
신경질적으로 턱수염을 잡아당기면서 느릿느릿
자기들 방 쪽으로 뒷걸음질을 쳤다.

갑자기 연주를 중단한 후 망연자실해 있던 누
이동생은 잠시 바이올린과 활을 쥔 손을 축 늘어
뜨린 채, 마치 연주를 계속하기라도 하듯이 악보
만 들여다보고 있었다. 그러다가 문득 정신을 차

리고는 바이올린을 어머니의 무릎 위에 내려놓고 하숙인들 방으로 달려갔다. 어머니는 호흡이 곤란한 듯 숨을 힘겹게 쉬면서 여전히 구석 자리에 앉아 있었다. 하숙인들은 아버지의 재촉을 받으며 아까보다는 더 빠른 속도로 자기들 방을 향해 걸음을 떼고 있었다. 누이동생이 익숙한 솜씨로 이불과 베개들을 침대 위에 펼치고는 가지런히 정돈하는 게 보였다. 하숙인들이 방에 이르기 전에 침대 정돈을 마친 누이동생은 슬그머니 방을 빠져나왔다.

아버지는 또 특유의 옹고집에 사로잡힌 듯 하숙인에게 갖춰야 할 최소한의 예의조차 까맣게 잊고 있었다. 아버지가 그들을 무작정 몰고 가서 방문 앞까지 이르렀을 때였다. 가운데 신사가 발을 탕탕 구르며 아버지를 멈춰 세웠다.

"나는 이 자리에서 다음과 같이 밝히는 바입니다."

그는 한 손을 치켜들고 어머니와 누이동생을

힐끗 보고는 말을 이었다.

"이 집과 가족을 뒤덮고 있는 혐오스러운 상황을 고려하여……."

이 대목에서 가운데 신사는 결연한 기세로 바닥에 침을 뱉었다.

"방을 즉시 해약하겠습니다. 당연한 이야기지만 내가 여기서 산 기간의 집세는 한 푼도 내지 않을 것입니다. 오히려 나는 ― 절대 빈말이 아닙니다 ― 당신들에게 손해배상을 청구할 것인지를 고려하는 중입니다. 배상을 청구할 이유야 차고 넘칩니다."

가운데 신사는 입을 다물고는 무언가를 기다리듯이 앞을 보았다. 아니나 다를까, 두 친구가 곧장 나서서 한목소리로 거들었다.

"우리도 즉시 해약하겠습니다."

이윽고 가운데 신사는 문손잡이를 잡더니 문을 꽝 닫아버렸다.

아버지는 손을 더듬어 비틀비틀 안락의자까

지 와서는 풀썩 자리에 주저앉았다. 평소 습관대로 몸을 쭉 뻗는 게 저녁잠을 자려는 듯 보였지만 머리를 가누지 못하고 심하게 끄떡이는 거로 보아 자는 건 분명 아니었다. 그레고르는 그러는 내내 하숙인들이 그를 발견했던 자리에 가만히 엎드려 있었다. 계획이 실패해서 낙담한 데다가 그동안 너무 굶어서 허약해진 탓에 꼼짝도 할 수가 없었다. 잠시 후에 모두가 화를 내며 한꺼번에 그에게 달려들 게 분명하다 싶어서 겁을 내며 기다리는 중이었다. 어머니가 손가락을 심하게 떠는 바람에 바이올린이 어머니의 무릎에서 떨어지며 요란한 소리를 냈지만, 그는 전혀 놀라지 않았다.

"아버지, 어머니!"

누이동생이 손으로 식탁을 내리치며 입을 열었다.

"더는 이렇게 지낼 수 없어요. 아버지 어머니 눈에는 안 보일지 몰라도 제 눈에는 훤히 보인다고요. 저런 흉측한 짐승을 내 오빠라고 부르고 싶지 않아요. 제가 말씀드리려는 건, 우리는 어떻게 해서든 저것으로부터 놓여나야 해요. 우리는 저것을 돌보고 참으며 사람이 할 수 있는 건 모조리 다 했어요. 눈곱만큼이라도 우리를 비난할 사람은 없을 거예요."

"저 애 말이 천 번, 만 번 옳아."

아버지가 중얼거렸다.

여전히 숨이 가빠 헐떡거리던 어머니는 넋 나간 눈빛을 하고는 손으로 입을 가리고 기침을 하기 시작했다.

누이동생은 어머니에게 달려가 이마를 받쳐 주었다. 아버지는 누이동생의 말에 무슨 생각이 났는지 똑바로 고쳐 앉았다. 식탁에는 하숙인들이 저녁 식사를 할 때 쓴 접시들이 아직 놓여있었는데 아버지는 접시들 사이로 사환 모자를 굴리면서 이따금 가만히 엎드려 있는 그레고르를 내려다보았다.

"저것으로부터 놓여나야 해요."

누이동생은 이제 아버지만을 상대로 말을 이었다. 어머니는 기침하느라 아무것도 들을 수 없었기 때문이다.

"저것이 어머니 아버지를 말려 죽이고 말 거예요. 안 봐도 뻔해요. 우리처럼 뼈 빠지게 일해야 하는 사람들이 집에 와서까지 끝도 없는 고충에 시달릴 수는 없다고요! 저는 더는 못 하겠어요!"

누이동생은 왈칵 울음을 터뜨렸다. 자신의 눈물이 어머니 얼굴로 흘러내리자 누이동생은 손을 기계적으로 움직여 어머니의 얼굴에서 눈물을 닦아냈다.

"얘야." 아버지는 딱하다는 듯 이해심을 듬뿍 담아 말했다.

"그럼 이제 우리가 어떻게 하면 되겠니?"

누이동생은 자기도 어찌할 바를 모르겠다는 듯 어깨를 으쓱할 뿐이었다. 울음을 터트리기 전의 단호한 모습은 온데간데없었다.

"혹시 저 애가 우리 말을 알아듣는다면……."

아버지는 반쯤 물어보다시피 말했다. 누이동생은 울고 있는 와중에도 그런 건 생각조차 할 수 없다는 뜻으로 손을 세게 내저었다.

"혹시 저 애가 우리 말을 알아듣는다면……."

아버지는 같은 말을 되풀이하고는 그런 일은 있을 수 없다는 누이동생의 확신에 동의한다는 듯 지그시 눈을 감았다.

"그렇다면 저 애와 무슨 합의를 볼 수도 있을 텐데. 하지만 저래서는……."

"저것이 없어져야 해요."

누이동생이 소리를 질렀다.

"그것 말고는 다른 방법이 없어요, 아버지. 저것이 오빠라는 생각을 아예 버리셔야 해요. 지금까지 그렇게 믿었던 게 우리를 진짜 불행하게 만들었다고요. 어떻게 저것이 오빠일 수 있겠어요? 행여 저것이 오빠였다면, 사람과 저런 짐승은 같이 살 수 없다는 사실을 진작에 깨닫고 제 발로 사라졌을 거예요. 그랬다면 우리는 오빠를 잃었을 테지만, 오빠에 대한 기억을 소중히 간직하며 계속 살아갈 수 있었겠지요. 하지만 저 짐승은 우리를 괴롭히고 하숙인들을 내쫓은 것만으로도 모자라 곧 집을 독차지하고 우리를 길바닥에 나앉게 할 거예요. 저것 좀 보세요, 아버지."

누이동생이 느닷없이 비명을 질러댔다. "또 시작이에요!" 누이동생은 질겁을 하고는 — 왜 그러는지 그레고르로서는 도무지 이해되지 않았다 — 어머니가 앉은 안락의자를 밀치고 허겁지겁 아버지 뒤로 도망쳤다. 그레고르 가까이에 있느니 차라리 어머니를 버리고 도망칠 기세였다. 아버지는 누이동생의 행동에 괜스레 흥분해서 벌떡 일어나더니 누이동생을 보호하려는 듯 팔을 반쯤 치켜들었다.

하지만 그레고르는 누이동생은 물론이고 누구한테도 겁을 줄 생각이 애당초 없었다. 그저 몸을 돌려 자기 방으로 돌아가려 한 것뿐인데 그러다 보니 오해를 불러일으키는 동작을 했던 것 같았다. 그는 몸 상태가 워낙 좋지 않아서 어렵사리 방향을 틀려면 머리의 힘을 빌려야 했다. 그래서 머리를 들어 올렸다가 바닥에 내리치기를 몇 차례 반복했을 뿐이다. 그는 멈춰 서서 주위를 둘러보았다. 그에게 나쁜 의도가 없다는 걸 다들 알아주는 것 같았다. 그냥 잠시 놀랐을 뿐이었다. 이제는 가족들 모두 말없이 슬픈 표정으로 그를 지켜보고 있었다. 어머니는 두 다리를 가지런히 뻗은 채 안락의자에 누워있었다. 너무 지쳐서인지 눈이 거의 감겨 있었다. 누이동생은 아버지의 목을 팔로 끌어안고 있었다.

'이제는 몸을 돌려도 되겠지?'

그레고르는 그렇게 생각하며 계속 움직였다. 너무 힘들고 숨이 가빠서 틈틈이 쉬어야 했다. 이제 아무도 그를 재촉하지 않았고 모든 것을 그에게 맡겨놓고 있었다. 몸을 완전히 돌린 후 그레그르는 곧장 자기 방을 향해 직진하기 시작했다. 방까지의 거리가 이다지도 멀다니 정말이지 놀라웠다. 조금 전에 아픈 몸을 끌고 똑같은 거리를 멀다는 느낌 없이 이동할 수 있었다는 게 도무지 이해가 되질 않았다. 그는 줄곧 빨리 기어갈 생각만 하느라고 식구들이 아무 말도 하지 않고 가만히 있다는 사실에 거의 주목하지 않았다. 방문 앞에 이르러서야 그는 비로소 고개를 돌렸다. 목이 뻣뻣이 굳어 있어서 완전히 돌리지는 못했지만 어쨌든 둘러보니 누이동생이 일어선 것 말고는 아무것도 변한 게 없었다. 그의 마지막 시선이 어머니를 스쳤다. 어머니는 잠든 듯 누워있었다.

그가 방에 들어서기가 무섭게 후다닥 문이 닫히고 빗장이 걸렸다. 그레고르는 뒤에서 나는 갑작스러운 소음에 화들짝 놀라서 그만 다리들을 접질리고 말았다. 서둘러 문을 닫은 사람은 누이동생이었다. 일어서서 기다리다가 잽싸게 달려왔기에 그레고르는 누이동생이 오는 소리를 전혀 듣지 못했다.

"이젠 됐어요!"

누이동생은 열쇠를 돌리면서 부모님에게 소리쳤다.

"이제 어떻게 해야 하나?"

그레고르는 중얼대며 어둠 속을 둘러보았다. 그러고는 자신이 이젠 꼼짝도 할 수 없다는 사실을 깨달았다. 뭐 그리 놀라운 일도 아니었다. 이런 가냘픈 작은 다리들로 지금까지 돌아다닐 수 있었다는 게 오히려 신기할 따름이었다. 어쨌건 비교적 편안한 느낌이었다. 온몸이 고통스럽기는 했지만, 차츰 고통이 약해지고 더 약해지다가 결국에는 사그라지는 듯했다. 등에 박힌 썩은 사과와 그 주변의 곪은 상처는 폭신한 먼지에 온통 덮여서인지 아무런 느낌이 없다시피 했다. 그는 가족과 함께 한 나날을 회상하며 감동과 사랑을 느꼈다. 그는 누이동생보다 더 단호하게 자기가 없어져야만 한다고 생각했다. 교회 탑의 시계가 새벽 3시를 칠 때까지 그는 덧없고 평화로운 상념에 빠져 있었다. 창밖이 밝아오기 시작하는 게 보였다. 이윽고 그의 의지와는 상관없이 고개가 푹 꺾이더니 그의 콧구멍에서 마지막 숨결이 보일 듯 말 듯 새어 나왔다.

아침 일찍 청소부 할멈이 왔다. 기운이 펄펄 넘치고 성미가 급한 할멈은 그렇게도 누누이 주의를 받았건만 문이란 문은 죄다 요란하게 닫곤 했기에 일단 그녀가 도착하면 가족들은 평화롭게 잠을 잘 수가 없었다. 그녀는 평소 하던 대로 그레고르의 방에 잠시 들렀지만, 처음에는 별다른 점을 발견하지 못했다. 그레고르가 일부러 저렇게 가만히 누워서 기분 나쁜 척을 한다고 생각했다. 그녀가 보기에 그의 머리는 멀쩡했다. 마침 기다란 빗자루를 들고 있는 김에 청소부 할멈은 문밖에서 그레고르를 간질여보았다. 그래도 아무 반응이 없자 약이 올라서 빗자루로 그레고르를 쿡쿡 찔렀다. 그의 몸이 아무런 저항 없이 떠밀리는 걸 보고서야 비로소 할멈은 정신이 번쩍 들었다. 금세 진상을 알아차린 여자는 눈을 휘둥그레 뜨고는 저 혼자 휘파람을 불었다. 하지만 더는 꾸물대지 않고 곧장 잠자 부부의 침실 문을 열어젖히고는 껌껌한 침실을 향해 목청껏 외쳤다.

"이것 좀 보세요. 그놈이 뒈졌어요. 저기 자빠져 있어요. 제대로 뒈졌다니까요!"

잠자 부부는 무슨 말인지 이해하기에 앞서 침대에 일어나 앉아 청소부 할멈 때문에 놀란 가슴을 가라앉혀야 했다. 말뜻을 알아듣고는 곧바로 잠자 씨와 부인은 제각기 침대 양편으로 허둥지둥 내려왔다. 잠자 씨는 어깨에 담요를 둘렀고 잠자 부인은 잠옷 차림 그대로 그레고르의 방으로 갔다. 그사이 거실문도 열렸다. 하숙을 친 후로 그레테는 거실에서 잠을 잤는데, 옷을 고스란히 입고 있는 거로 보아 한잠도 자지 않은 것 같았다. 창백한 얼굴만 봐도 그래 보였다.

"죽었다고?"

잠자 부인이 묻듯이 중얼대며 할멈을 쳐다보았다. 잠자 부인이 몸소 확인해 볼 수도 있고, 사실 확인하지 않아도 알 만한 일이었다.

"그렇다니까요."

청소부 할멈이 대답하고는 사실임을 보여주려고 빗자루로 그레고르의 시체를 주르륵 옆으로 밀쳤다. 잠자 부인은 빗자루를 멈춰 세우려는 듯 몸을 움찔하다가 이내 그만두었다.

"자, 이제 하느님께 감사의 기도를 드리자꾸나."

잠자 씨가 말했다. 잠자 씨가 성호를 긋자 세 여자도 그를 따라 성호를 그었다. 그레테는 시체에서 눈을 떼지 않은 채 말했다.

"좀 보세요. 몸이 몹시 말랐어요. 벌써 오랫동안 아무것도 먹지 않았잖아요. 음식을 들여놓아도 그대로 다 남겼거든요."

정말로 그레고르의 몸통은 아주 납작하고 바싹 말라 있었다. 이젠 가냘픈 다리들이 몸을 떠받치고 있지도 않고 그밖에 시선을 분산시킬 것이 없으니 그 사실이 눈에 들어온 것이다.

"그레테, 잠시 우리 방으로 오려무나."

잠자 부인이 힘겹게 미소를 지으며 말했다. 그레테는 시체를 자꾸 뒤돌아보며 부모님을 따라 침실로 들어갔다. 청소부 할멈은 그레고르의 방문을 닫고 창문을 활짝 열어젖혔다. 아직 이른 아침인데도 신선한 아침 공기에는 미지근한 기운이 깃들어 있었다. 어느덧 3월 말이었다.

세 명의 하숙인이 방에서 나와서 어리둥절한 표정으로 아침 식사를 찾느라 두리번거렸다. 온 집안이 그들을 까맣게 잊고 있었다.

"아침 식사는 어디에 있소?"

가운데 신사가 볼멘소리로 청소부 할멈에게 물었다. 할멈은 손가락을 입에 대고는 아무 말 없이 얼른 그레고르의 방에 가 보라고 손짓을 했다. 방에 들어간 세 신사는 해어진 웃옷 호주머니에 양손을 찔러 넣은 채 어느새 환해진 방 안에서 그레고르의 시신을 에워싸고 서 있었다.

그때 침실 문이 열리며 제복을 차려입은 잠자 씨가 한쪽 팔로는 아내와 다른 쪽 팔로는 딸과 팔짱을 끼고 나타났다. 세 사람 다 조금 운 것 같았다. 그레테는 이따금 아버지의 팔에 얼굴을 파묻었다.

"당장 내 집에서 나가주시오!"

잠자 씨가 두 여자와 여전히 팔짱을 낀 채 현관문을 가리키며 말했다.

"무슨 말씀이신가요?"

가운데 신사가 다소 당황해서 아부하듯이 미소를 지으며 되물었다. 나머지 두 신사는 뒷짐을 진 채 두 손을 쉴 새 없이 비벼대는 거로 보아 대판 싸움이 벌어지기를 은근히 기대하는 것 같았다. 싸움만 붙으면 자기들한테 유리하게 결판날 거라는 믿음이 있어서였다.

"방금 말한 그대로요."

잠자 씨가 대답했다. 그러고는 양옆의 두 여자와 함께 일렬로 가운데 신사에게 다가갔다. 가운데 신사는 처음에는 잠자코 서서 머릿속으로 이 상황을 새로 재구성하려는 듯 바닥만 내려다보고 있었다.

"그러시다면 저희가 나가겠습니다."

그는 이렇게 말하고는 뜬금없이 비굴하기까지 한 태도로 자신의 결정에 대한 허락을 내려달라는 듯이 잠자 씨를 바라보았다. 잠자 씨는 눈을 크게 뜨고는 신사에게 고개만 몇 번 끄떡였다. 그러자 신사는 곧장 복도 쪽으로 성큼성큼 걸어갔다. 그의 두 친구는 말이 오가는 동안 손동작을 멈추고 귀 기울여 듣다가 얼른 그의 뒤를 따라 종종걸음을 떼었다. 마치 잠자 씨가 앞질러서 복도로 가서는 자기들을 대장에게서 떼어놓을까 봐 겁을 내는 듯했다. 세 신사는 현관 옷걸이에서 모자를 집어 들고 지팡이 함에서 지팡이를 꺼내더니 묵묵히 고개 숙여 인사하고는 집을 나섰다. 잠자 씨는 미덥지 않은지 — 못 미더워 할 까닭이 전혀 없다는 게 곧 밝혀졌지만 — 아내와 딸을 데리고 현관 밖으로 나가 계단 난간에 기대서서 그들을 지켜보았다. 세 신사는 느릿느릿 걸었지만 쉬지 않고 계단을 내려갔는데 충충이 계단이 휘어지는 지점을 지날 때마다 잠시 사라졌다가 금세 다시 모습을 드러냈다. 그들이 아래로 내려갈수록 잠자 가족의 관심도 식어갔다. 이윽고 머리에 짐을 짊어진 푸줏간 점원이 당당한 자세로 세 신사를 지나쳐서 계단을 올라오자, 잠자 씨는 얼른 여자들과 함께 난간을 등지고 홀가분한 마음으로 집 안으로 들어갔다.

그들은 오늘 하루는 푹 쉬며 산책이나 하기로 했다. 그들은 하루쯤 일을 중단하고 휴식을 취해도 될 만한 위치였을 뿐 아니라, 절대적으로 휴식이 필요한 상태이기도 했다. 그래서 그들은 식탁에 모여 앉아서 제각기 결근사유서를 썼다. 잠자 씨는 인사 담당자에게, 잠자 부인은 바느질을 맡긴 의상실 주인에게, 그레테는 상점 주인에게 썼다. 한창 쓰는 중에 청소부 할멈이 들어와서는 아침 일을 다 했으니 가 보겠다고 말했다. 글을 쓰던 세 사람은 처음에는 할멈을 쳐다보지도 않고 고개만 끄떡여 보였다. 그런데도 여자가 여전히 자리를 뜨려고 하질 않자 가족들은 짜증이 나서 고개를 들었다.

"무슨 일이요?"

잠자 씨가 물었다. 할멈은 가족에게 대단히 기쁜 소식이 있지만 꼬치꼬치 캐묻기 전에는 입을 열지 않겠다는 듯이 의미심장한 미소를 지으며 문가에 서 있었다. 여자의 모자에 거의 수직으로 꽂힌 작은 타조 깃털이 사방팔방으로 가벼이 나부끼고 있었다. 잠자 씨는 할멈이 여기서 일하는 내내 그 깃털을 못 견뎌 했다. "무슨 볼일이라도 있어요?" 잠자 부인이 물었다.

할멈은 그나마 잠자 부인을 제일 존경하는 편

이었다.

"예." 할멈은 이렇게 대답하고는 자기 딴에는 친근한 웃음을 보이느라 바로 말을 잇지 못했다.

"그러니까, 저 방에 있는 그것을 어떻게 치울지는 걱정하지 않으셔도 돼요. 벌써 다 치웠거든요."

잠자 부인과 그레테는 결근사유서를 쓰는 게 급하다는 듯이 다시 고개를 푹 숙였다. 할멈이 자신이 한 일을 구구절절 떠벌리려 하자 잠자 씨는 손을 뻗어서 할멈을 저지했다. 말문이 막힌 할멈은 문득 바쁜 일이 있다는 걸 떠올리고는 기분이 상한 듯 큰 소리로 말했다.

"다들 안녕히 계시구려!" 그러고는 홱 돌아서서 요란스럽게 문을 쾅 닫고는 가 버렸다.

"저녁때 해고합시다." 잠자 씨의 말에 아내와 딸은 아무런 대답도 하지 않았다. 간신히 평온을 되찾았는가 싶었는데 할멈이 기어이 훼방을 놓았기 때문이다. 모녀는 자리에서 일어나 창가로 가서는 서로 부둥켜안고 가만히 서 있었다. 잠자씨는 의자에 앉은 채로 두 여자에게 몸을 돌리고는 잠시 묵묵히 그들을 바라보았다. 그러고는 소리쳤다.

"이리들 와 봐! 제발 지난 일은 잊어버리자고. 내 생각도 좀 해 주구려."

두 여자는 얼른 그가 시키는 대로 달려와서는 그를 살갑게 어루만져 주고는 서둘러 결근사유서를 마무리 지었다.

이윽고 세 사람은 함께 집을 나섰다. 이러는 것도 몇 달 만에 처음이었다. 그들은 전차를 타고 교외로 나갔다. 그들밖에 없는 전차 칸에는 따스한 햇볕이 가득했다. 그들은 좌석에 편안히 기대고 앉아 앞으로 어떻게 할지 의논했다. 찬찬히 살펴보니 앞날이 그다지 나쁘지 않다는 걸 알수 있었다. 셋 모두 일자리가 있었고, 서로의 일자리에 관해 상세히 물어본 적은 없지만, 모두 나름 괜찮은 일자리였고 전망도 아주 밝았기 때

문이다. 당장 다른 집으로 이사만 해도 지금보다
형편이 훨씬 더 좋아질 게 분명했다. 그들은 그
레고르가 고른 지금 집보다 더 작고 더 저렴하면
서 위치는 더 좋고 무엇보다도 더 실용적인 집으
로 이사를 할 생각이었다. 이런저런 이야기를 나
누는 동안 잠자 부부는 점점 더 활기를 띠어가는
딸의 모습을 바라보았다. 딸이 그동안 뺨이 쑥
꺼지도록 온갖 고생을 하면서도 요즘 들어 아름
답고 풍만한 처녀로 활짝 피어났다는 생각을 둘
이 거의 동시에 하고 있었다. 잠자 부부는 아무
말 없이 이심전심의 눈길을 주고받으며 이제 딸
아이에게 좋은 신랑감을 찾아줘야 할 때가 됐다
고 생각했다. 전차가 목적지에 이르고 딸이 제일
먼저 일어나 젊고 싱싱한 몸을 쭉 펴자, 잠자 부
부는 자신들의 새로운 꿈과 멋진 계획이 옳다는
확답을 들은 느낌이었다.

카프카스러움

'카프카에스크(독일어 Kafkaesk, 영어 Kafkaes-que)'라는 단어가 있다. '카프카스러운' 또는 '카프카적인'이라는 의미의 형용사이다. 어떤 상황이 프란츠 카프카의 작품에 묘사된 상황과 유사하다는 의미로 1930년대부터 문학 연구가와 비평가들이 사용하기 시작하다가, 이제는 문학의 맥락을 넘어서 현대인이 일상에서 터무니없고 위협적이며 수수께끼 같은 상황에 맞닥뜨렸을 때 느끼는 불안과 혼란스러움을 뜻하는 단어로 자리 잡았다. 최고 권위를 자랑하는 독일어 사전《두덴》에 이 단어가 1973년 처음 정식으로 등재되었고《옥스퍼드》,《케임브리지》,《웹스터》등 온갖 영어 사전에도 빠짐없이 등재되어 있다. 카프카의 작품을 하나도 읽지 않은 사람은 많을지라도 카프카라는 유명 작가의 이름이 고유명사의 의미를 넘어서 현대인의 불안과 무기력감을 표현한다는 것을 어렴풋이나마 아는 사람은 많고 서구문화권이 아닌 우리나라도 결코 예외가 아니다.

카프카의 대표작이자 여기 소개된 중편 소설《변신》은 충격적인 도입부로 '카프카스러움'의 정수를 선명하게 보여준다.

"어느 날 아침 뒤숭숭한 꿈에서 깨어난 그레고르 잠자는 자신이 흉측한 벌레로 변해 침대에 누워있는 걸 발견했다."

아마도 세계문학사에서 가장 유명한 첫 문장이 아닐까 싶다. 인간이 하루아침에 벌레로 변한다는 황당하고 어이없는 사건을 다루는 《변신》, 이 작품은 명실상부한 현대문학의 고전이기에 대입 수험생이 반드시 읽어야 하는 필독서이기도 하지만 마냥 추상적이고 어려워서 감히 범접할 수 없는 작품은 아니다. 《변신》을 지나치게 단순화시키는 맥락이긴 하지만 우리나라에서 2023년에 '카프카스러운' 상상력이 많은 청년들을 사로잡은 적이 있다. 청년들 사이에서 자신을 작품 속 주인공인 거대한 벌레 그레고르로 가정하는 이른바 '바퀴벌레 챌린지'가 유행하게 되었다. 챌린지의 규칙은 간단하다. 부모에게 "내가 만약 갑자기 바퀴벌레가 되면 어떻게 할 것이냐?"라고 묻고, 부모에게서 돌아온 답을 소셜미디어 등을 통해 공유하는 것이다. 요즘 부모들의 반응은 다양했다. "쓸데없는 소리 하지 말고 자라!"는 고지식한 반응도 있지만, 황당함을 느끼면서도 성심껏 대답하는 부모도 있었다. "나는 엄마 바퀴벌레가 될 거야. 같이 바퀴벌레로 살자. 네가 무엇으로 태어나든 내 영혼을 다해 사랑하거든." "예쁘게 키워주마. 고슴도치도 제 새끼는 예쁘다는데, 바퀴벌레라고 안 예쁠까?" 반면에 지극히 현실적이며 섬뜩하게 답하는 부모도 있었다. "살충제 뿌려야지." "화형!"

이 질문은 단순히 심심풀이 장난만은 아닐 것이다. 경제적 능력에 따라 인간을 평가하는 자본주의 국가인 대한민국에서 어릴 때부터 잔인한 무한 경쟁에 방치되는 청년들은 학업과 취업 과정에서 극심한 불안감을 겪게 된다. 그럴수록 이들은 행여 내가 사회에서 도태되고 소외되어 부적응자가 되었을 때, 즉 벌레 취급을 받는 사람이 되었을 때 부모님은 과연 절대적인 내 편이 되어줄 수 있는지, 나를 여전히 사랑할 수 있는지 확인하고 싶어 하는 것이다. 다시 말해 부조리한 세계 내지는 거대 권력 앞에서 무력감과 공포를 느끼는 개인이 초현실적 상황을 가정함으로써 자신이 느끼는 불안의 실체를 가늠하려 한다고 보아야 할 것이다. 무려 100년도 더 전에 쓰인 작품 《변신》이 이런 챌린지의 시발점임을 고려하면 '카프카스러움'이 한층 강력히 우리의 일상적 불안감에 깊이 침투되어 있음을 알 수 있다. 이렇듯 카프카의 문학은 문학계를 넘어서 전 세계의 현대인들에게 우리 일상의 '카프카스러움'을 상기시키고 있을 만큼 숨은 호소력을 행사하고 있다.

카프카의 삶

자신의 이름에서 유래한 단어 '카프카스러운'을 일반 어휘 사전에 올린 작가 프란츠 카프카! 과연 그는 어떤 삶을 살았는지 간단히 훑어보자.

카프카는 1883년 7월 3일 체코의 프라하에서 태어나 프라하에서 정규교육을 받고 프라하에서 직장을 다녔으며 1924년 6월 3일 사망한 후 프라하에 묻힌 '프라하 토박이'였다. 그런데 그가 프라하 토박이라는 사실이야말로 그의 정체성이 복잡할 수밖에 없음을 시사한다. 그가 태어날 당시 체코는 합스부르크 가문이 지배하는 오스트리아-헝가리 이중 제국에 속해 있었다. 제1차 세계대전이 끝난 1918년, 패전국이 된 오스트리아-헝가리 이중 제국은 해체되고, 체코슬로바키아 공화국이 탄생하게 된다. 카프카가 성장할 당시 프라하는 독일계, 체코계, 유대계 시민 등이 뒤섞여 살았고, 여러 언어와 종교, 문화 정체성이 공존하는 도시였다. 체코에서 독일인은 인구의 10퍼센트에도 미치지 못하는 소수였지만 정치적, 경제적, 문화적 주도권을 쥔 주류세력이었다.

아버지 헤르만 카프카는 체코 변방의 빈곤한 유대인 가문 출신으로 비주류였던 유대인의 숙명을 벗어나려 노력한 입지전적인 인물이다. 그는 강인한 의지와 근면함으로 부를 축적했고 프라하 시내에서 고급 장신구 상점을 운영하여 큰 성공을 거두었다. 어머니 율리에 뢰비는 유복하고 교양 있는 독일계 유대인 가문 출신으로 온화한 성품이었다. 장남 프란츠가 태어난 후 두 남동생과 세 여동생이 태어났는데 남동생들은 유아기에 사망했기에 프란츠는 외아들로 아버지의 기대를 한 몸에 받으며 자랐다. 사회적 신분 상승을 원했던 헤르만은 아내가 독일계인 점을 이용하여 프란츠와 세 여동생을 모두 독일인 학교에 보냈다. 요즘 식으로 이해하면 상류층 자제들이 다니는 국제학교에 보낸 셈이다. 그리하여 프란츠 카프카는 독일인이자 체코인이며 유대인으로 성장했지만, 그 어디에도 소속감을 느끼지는 못했다.

그의 아버지는 가부장적이고 독선적인 데다가 다혈질이었고, 순종적인 성격의 어머니는 그런 아버지에게 맞추고 살았다. 가업을 이을 후계

자를 원했던 아버지는 독서와 몽상을 즐기던 외아들 프란츠를 못마땅해했고, 예민하고 내향적이며 소극적인 성품의 어린 아들은 아버지의 강압적인 훈육에 상처를 받으며 성장하게 된다. 아버지와의 갈등으로 인한 상처와 고뇌는 그의 작품 곳곳에 표현되어 있으며, 일기, 특히 〈아버지께 드리는 편지〉(1919)에 생생히 기록되어 있다. 그의 부모는 자녀들에게 최상의 교육을 제공했지만 포근한 가정을 제공하지는 못했다. 아버지는 시내의 상점에서 살다시피 했고 어머니도 아버지를 도와 상점에서 일했기에 아이들은 유모와 가정교사에게 맡겨졌다. 그런 만큼 부모와 자식들 간의 감정적 교감은 희박했다. 카프카는 문학 이외에는 관심이 없었지만, 아버지의 뜻에 따라 독일계 대학에서 법학을 전공하고 학위를 받는다. 1년가량을 법관 시보로 근무한 후 1908년 '노동자 상해 및 산업재해 보험공사'의 법률고문으로 취직했으며 병으로 퇴직하기 전까지 14년을 성실히 근무하여 고위직에 올랐다. 평생직장이 된 이곳은 근무 시간이 오전 8시에서 오후 2시까지여서 카프카는 퇴근후 잠을 자다가 가족들이 모두 잠든 밤에 깨어서 글을 쓰며 살았다. 직장인이면서 작가라는 이중생활을 이어간 셈이다.

그는 늘 아버지의 영향권을 벗어나 혼자 살고 싶어 했지만 1917년이 되어서야 독립된 주택을 얻어서 그 소원을 이룰 수 있었다. 그는 몇몇 여성들과 사귀었고 약혼을 하기도 했지만, 문학에 매진하는 삶을 원했던 만큼 결혼에 매이는 것을 두려워했기에 결혼에 이르지 못했다. 그는 1917년 폐결핵 진단을 받게 되는데 당시의 의학으로는 폐결핵은 불치병이었다. 그는 1922년 직장을 사직하고 요양 생활을 시작한다. 이 시기에 미완의 장편 소설 《성Das Schloss》을 집필하다가 1924년 6월 3일 41세 생일을 한 달 앞두고 빈 근교의 요양원에서 사망했다. 그는 오랜 친구이자 작가인 막스 브로트Max Brod에게 이미 출간된 원고들과 미출간 원고 전부를 불태워달라고 부탁했지만, 브로트는 고민 끝에 친구의 부탁을 저버리고 그것들을 출간했으며 죽은 친구의 작품이 널리 알려지는 데 결정적으로 기여했다.

카프카는 생전에 이미 동료 작가들에게 인정받았지만, 일반 독자에게 알려진 인기 작가는 아니었다. 생전에 출간된 작품들은 1쇄를 넘지 못하였다. 그런데 두 번의 세계대전을 겪은 세대는 카프카의 작품에서 자신들의 경험을 발견하고 열광했다. 인간의 이성이 만들어낸 현대의 문명이 질서 있게 작동하며 확고하다고 믿었던 사람들은 아우슈비츠를 비롯한 온갖 부조리한 사태를 겪으며 (카프카의 세 여동생은 나치의 집단수용소에서 사망했다.) 일상의 현실이 사실은 불확실한 기반 위에서 유지되고 있으며 모든 것이 한순간에 무너져내릴 수 있음을 절실히 깨닫게 된 것이다. 이러한 정신적 풍토에서 인간의 정체성을 묻는 실존주의가 탄생한다. 카뮈와 사르트르 등

프랑스 실존주의 작가들이 카프카를 선지자적 예술가로 전 세계에 널리 알리면서 카프카의 작품은 독일로 역수입되었고 영미권에서도 인정을 받게 되었다.

변신 속으로

스무 살 청년 카프카는 한 친구에게 보낸 편지에 이렇게 쓴다.

"한 권의 책은 우리 안에 있는 꽁꽁 얼어붙은 바다를 깨부수는 도끼여야 한다."

우리 안에 있는 얼어붙은 바다를 깨부수기 위해 쓰인 책《변신》속으로 들어가 보자! 카프카가 스물아홉 살이던 1912년 완성된 이 작품은 1915년 독일 라이프치히에서 출간된다. 생전에 출간된 카프카의 작품 중 가장 분량이 길며, 카프카를 대표하는 작품으로 지금까지 널리 읽히고 있다. 카프카는 늘 그렇듯이 시적인 비유나 화려한 수사 없이 지극히 간결하고 사실적인 문체를 구사한다. 하지만 그가 펼치는 내용은 결코 사실적이지 않다. 카프카는 버려지나 다를 바 없는 존재로 전락하는 인물을 묘사하는 대신, 뜬금없이 거대한 벌레가 되어버린 그레고르의 비극적 운명을 지극히 사실적으로 묘사하고 있다. 이토록 간결하고 사실적인 문체와 초현실적인 내용이 이루는 극명한 대조야말로 그의 문학의 특성, 즉 '카프카스러움'이다. 아무런 맥락 없이 초자연적 사건이 일어나지만, 주인공 그레고르를 포함한 작중 인물들은 사람이 벌레로 변하는 사건을 마치 현실에서 충분히 일어날 수 있는 일처럼, 즉 질병에 걸렸거나 교통사고를 당한 사람을 보듯이 받아들인다. 가족들은 이런 끔찍한 일이 그레고르에게 일어났다는 사실에 경악하고 슬퍼하지만, 자연 법칙상 불가능한 사건을 목격

한 사람처럼 반응하지는 않는다. 그레고르 역시 자신의 변신에 '어떻게 이런 일이 가능하냐'라는 근본적인 의문을 제기하는 대신 출근하지 못한 것을 걱정하며, 나아가 불쑥 찾아온 지배인이 벌레가 된 자신을 해고할까 봐 염려한다.

초현실적 사건을 당연히 받아들이는 상황은 흔히 동화에서 볼 수 있다. 동화 속 세계는 우리가 살아가는 현실 세계와는 판이한 원리로 구성되어 있기에 사람이 동물로 변하는 일은 전혀 놀랍지 않다. 그러나 《변신》의 세계는 현실과 유리된 동화의 세계가 결코 아니다. 소설은 겨울에서 봄에 이르는 3~4개월 남짓한 시간에 전차가 다니는 도시에 있는 잠자 가족의 주택에서 전개된다. 이러한 시공간적 배경은 구체적으로 명시되어 있지는 않으나 마법이 지배하는 초현실적 환상 세계는 분명 아니다. 그렇기에 《변신》의 세계는 지극히 세속적인 현실 한복판에 뜬금없이 들이닥친 마법이나 초자연적인 사건을 개연성 있는 일로 받아들이는 사람들로 이루어진 황당한 현실 세계이다. 그런 만큼 《변신》은 기존의 환상 문학의 문법을 단숨에 무너뜨린다.

이 소설이 보여주는 현실 세계의 모순과 변신이 지닌 함의는 앞서 언급한 바퀴벌레 챌린지에 담긴 메시지와는 비교할 수 없을 만큼 복잡하고 다의적이지만 독자의 이해를 위하여 거칠게나마 간단히 풀이해 보겠다. 그레고르 잠자는 자본주의 사회에서 돈벌이 기계의 한 부품으로 작동하며 5년간 쉴새 없이 일하느라 자신의 내면을 돌볼 여유 없이 살아왔다. 이렇듯 '일벌레'로 네 명의 가족 구성원 중 유일하게 경제 활동을 하며 가족을 부양하던 그레고르는 갑자기 진짜 벌레로 변해서 경제력을 상실하고 인간과의 접점을 잃게 되면서 가족에게 짐이 되는 '밥버러지' 신세가 되어버린다. 그레고르는 가족으로부터 소외되어서 자기 방에 갇히고 가족들에게 배척당하게 된다. 가족이라는 이유로 그레고르에게 기

생하고 있던 부모와 누이동생은 제각기 생활전
선에 뛰어들지만 3~4개월 후에는 생활고에 지
친 나머지 자신들에게 짐만 되는 벌레, 그레고르
를 저버리고 결국 죽도록 방치한다. (이 시점까지
의 줄거리는 전적으로 주인공 그레고르의 관점에서
제공된다.) 그의 죽음을 확인한 부모와 누이동생
은 하느님께 감사의 기도를 드리고 교외로 소풍
을 나간다. (이 짧은 에필로그는 삼인칭 관찰자 시점
에서 제공된다.)

이러한 전개로 인해 소설 속 세계는 전례 없이
독특한 성격을 지니게 된다. 초자연적 사건을 당
연한 것으로 받아들이던 소설 속 세계는 외양만
사실적인 환상 세계가 아니라, 돌연 우리가 살아
가고 있는 세계보다 더 현실적일 뿐 아니라 현실
의 모순과 문제를 더욱 극명히 보여주는 무시무
시한 현실 세계로 탈바꿈하게 된다. 그레고르의
비극적 운명을 통하여 자본주의 사회에서 경제
력은 곧 사람됨의 조건이며 이는 가족 관계에서

도 예외가 아닌 것으로 드러난다. 카프카는 장밋빛 렌즈로 미화되어왔던 '가족'이라는 성역에 초현실적 상징이라는 렌즈를 들이대어 독자가 여태껏 외면해 왔던 현실의 이면을 충격적인 방식으로 인지하도록 이끈다. 《변신》은 이런 설정을 통해 독자에게 묻고 있다. '돈을 벌지 못하는 사람은 더는 사람이 아니란 말인가?' 이러한 문제 제기에는 14년에 걸친 직장에서의 경험이 깔려 있다. 카프카는 자주 공장 지역으로 출장을 다니며 사고와 질병 등으로 노동력을 상실한 사람들을 숱하게 접하며 자본주의 사회에서의 인간 소외 문제를 뼈저리게 경험했다. 또한 이 물음은 '인간성'이란 무엇이냐는 물음으로 이어진다. 가족들은 그레고르의 겉모습이 변하고 그의 말을 알아들을 수 없으니 그를 이제 인간이 아닌 존재로 취급한다. 이런 대목에서 불쑥 이런 의문이 든다. '외양이 흉하고 말이 잘 안 통한다고 생명의 존엄성을 무시해도 되는 걸까.'

하지만 이렇게 주인공의 가족들을 향해 비난의 칼날을 세우는 것은 경솔한 태도가 아닐 수 없다. 그도 그럴 것이 누구든 한 번쯤은 이런 물음과 맞닥뜨려야 하기 때문이다. '내가 그레고르의 가족 중 하나였다면 흉측하고 큼지막한 벌레를 다정하게 대할 수 있었을까?' '그레고르가 죽었을 때 속으로는 안도하면서 기뻐하지 않았을까?' 벌레로 변한 그레고르를 저버리는 가족의 행동은 개인의 성격에서 비롯되는 게 아니라, 자본주의라는 시스템에 의해 결정된다. 우리 중 그 누구도 그 시스템의 지배에서 자유롭지 않은 만큼 섣불리 그레고르의 부모와 누이동생을 비난할 수는 없는 것이다.

이렇듯 《변신》은 사실적인 상황을 초현실적, 혹은 환상적 요소들과 뒤섞는 가운데 꿈과 현실의 경계를 무너뜨린다. 현실과 초현실의 공존에서 생겨난 기괴하고 불안하고 혼란스러운 분위기를 접한 독자는 이제껏 별 의문 없이 받아들여

왔던 기존의 현실이란 과연 무엇이며 인간이라는 존재는 무엇인지 숙고하게 된다. 부조리한 세계 앞에서 개인이 느끼는 무력감과 공포를 상식을 뛰어넘는 초현실적 상황으로 풀어낸 것이 카프카 문학이다. 카프카는 우리가 꾸는 꿈을 문학의 한 장르로 만들었다고 할 수 있다. 즉 카프카는 양말을 뒤집듯이 순식간에 꿈과 현실을 뒤집어놓고는 독자에게 낯익은 현실을 달리 보기를 요구하고 있다. 어떻게 달리 볼 지는 독자 개개인에게 달려 있으며 정답은 없다. 진부한 이야기를 하자면, 모든 고전 작품은 시공을 뛰어넘어 인간의 본질적 특성을 다루는데, 그 본질은 하나로 단정 지을 수 없기에 다의적일 수밖에 없으며 독자는 각자의 처지와 관심사에 따라 텍스트를 해석하게 된다. 한국의 청년들이 '바퀴벌레 챌린지'를 통해 미흡하나마 카프카에게 접근하듯이 말이다. 카프카는 독자에게 자유로운 방법으로 제한 없는 영역에서 상상력과 판단력을 펼칠 수 있도록, 그러면서 '우리 안에 있는 꽁꽁 얼어붙은 바다를 깨부수도록' 유도한다. 그것이 바로 카프카를 읽는 매력이기도 하다.

정상원

옮긴이 정상원

연세대학교 독어독문학과를 졸업하고 동 대학교 대학원에서 석사 학위를 받았다. 이후 독일 베를린자유대학교에서 박사 과정을 수료했다. 현재는 번역과 연구 활동을 하고 있다. 옮긴 책으로는 《광기와 우연의 역사》, 《마주보기 : 에리히 캐스트너 시집》, 《쇼펜하우어 : 쇼펜하우어와 철학의 격동 시대》, 《조제프 푸셰 : 어느 정치적 인간의 초상》, 《보이지 않는 소장품》, 《감정의 혼란》 등이 있다.

실존과 경계 시리즈 03

변신

초판 1쇄 발행 2025년 6월 25일

지은이 프란츠 카프카
옮긴이 정상원
펴낸이 이혜경
기획 · 관리 김혜림
편집 변묘정, 박은서
디자인 여혜영
마케팅 양예린

펴낸곳 니케북스
출판등록 2014년 4월 7일 제300-2014-102호
주소 서울시 종로구 새문안로 92 광화문 오피시아 1717호
전화 (02) 735-9515
팩스 (02) 6499-9518
전자우편 nikebooks@naver.com
블로그 blog.naver.com/nikebooks
페이스북 facebook.com/nikebooks
인스타그램 (니케북스) @nike_books
        (니케주니어) @nikebooks_junior

© 니케북스 2025

ISBN 979-11-94706-13-7 02850